書中
自有

ALL IN BOOKS

偷窗户的人

THE WINDOW THIEF

吴洋忠 著

台海出版社

图书在版编目 (CIP) 数据

偷窗户的人/ 吴洋忠著 .-- 北京 : 台海出版社 ,
2018.7
ISBN 978-7-5168-1945-6

Ⅰ . ①偷… Ⅱ . ①吴… Ⅲ . ①中篇小说－小说集－中国－当代②短篇小说－小说集－中国－当代 Ⅳ . ①I247.7

中国版本图书馆CIP数据核字(2018)第125021号

偷窗户的人

著　　者：吴洋忠

责任编辑：王　艳　　封面设计：广　岛（@广岛 Alvin）
内文设计：李　松　　责任印制：蔡　旭

出版发行：台海出版社
地　址：北京市东城区景山东街 20 号，邮政编码：100009
电　话：010－64041652（发行，邮购）
传　真：010－84045799（总编室）
网　址：www.taimeng.org.cn/thcbs/default.htm
E-mail：thcbs@126.com

经　销：全国各地新华书店
印　刷：北京旭丰源印刷技术有限公司
本书如有破损、缺页、装订错误，请与本社联系调换

开　本：145mm×210mm　　1/32
字　数：174 千字　　印　张：7
版　次：2018 年 10月第 1 版　　印　次：2018 年 10月第 1 次印刷
书　号：ISBN 978-7-5168-1945-6

定　价：45.00 元

版权所有　翻版必究

◎　　献给至爱的亲人

目录

CONTENTS

梦回环 TWO

序 ▷ 等羊回来

赵松

从前，有个人，他叫羊。这样写下来，我会觉得亲切，而不是奇怪。有什么可奇怪的呢？就算他真的有弯曲的硬角，有山羊胡子，嘴里还在嚼着草茎，或是正低头惬意地啃着裸露的树根，然后抬起头来，嘴角上还带着沫子就跟我说话，我也不会觉得奇怪。就好像他随时可以变成任何事物，却丝毫不会影响他是我的朋友。我们始终在同一个世界里，而在这个世界里我们可以是任何事物，但共同的语言是不变的。有了这样的前提，我们就可以长时间地彼此沉默。

从前，有个叫羊的人，他写小说。我头回看到他的小说时，他的名字就是羊。当时我们都在黑蓝论坛，有一期网刊发了他的小说专辑，收了几个短篇，其中印象最深的是《夜歌》。它把我惊到了，我没见过有人这么写小说——看他的小说，就像突然撞见深山老林里钻出来的传说中才会有的某种斑斓的野兽，后面还跟着个披头散发的人，在崇山峻岭间穿梭跃进如履平地——如此的直率、粗砺、跳跃，而又诡异自在，就像神灵附体的法师，他的自言自语只不过是不加修饰的转述。震惊之余，我觉得，此羊非我族类，他的文字以极其诡谲的状态跳跃着，行进延伸在我们所不知道的世界里。

他的小说里没有常规的途径，没有设定逻辑的线索，没有日常的情境与诉求，没有人物处境与命运的纠结，没有叙事的渴望与负担。他的小说就仿佛是热带丛林里才会有的物种，可以随时落地生根、肆无忌惮地长成巨树，没多久就能满树繁花，坠满外壳坚硬的果实，过于庞大而又茂密的树冠里还藏了无数的稀有鸟类，而树荫深处还隐蔽着奇异之兽。而所有这一切又都有种奇怪的吸力，能在不知不觉中将你吸入其中。等你好不容易从中脱身出来，回头望去，却只有被烟霭笼罩的莽莽丛林，而此前你在里面所看到听到的一切，都仿佛是你臆想出来的。

他让任何事物说话，而这世上的事物又是如此的繁多，哪怕他只是选取其中一小部分，也足够他跟它们在一起说上一辈子了。但他并不做它们的掌控者，只是跟它们在一起，倾听着它们的声音，也表达着自己的看法，有些慵懒而又自得其乐地做着这个奇异世界里的代言人。在他的小说世界里，人跟事物的界限是模糊的，也是可以随时互相转化的。那些小说就像生发于他的白日梦里，读着它们，就像看到他漫无目的地走在街上，嘴里在无声念叨着什么。有时候你会觉得他的语言是不合逻辑的、过于随机的，而语境的递进延展又是散漫不经意的，而细一琢磨，又发现其中竟也有种怪异的跌宕与低回，能吸引着你跟随他的笔触就那样深一脚浅一脚地行进下去，并不时被眼前浮现的诡异情景带入莫名的迷境深处。

多年以前，那个叫羊的四川人，毫无征兆地停止了写作。他回到了日常的人世间，忙于谋生养家，他奔波在家乡与异地之间，以自己一向不喜欢的现实主义方式，贴着日常的地面，做着另一种白日梦。那个属于小说的世界，被他深深地埋藏了。他幸福地生活着，沉迷于工作的羊，卖了很多房子给那些需要幸福的人们，也买房子来收纳自己的幸福生活。有很多年，我们几乎没什么联系。每次想起那个叫羊的人，都会同时想到作为谋逆篡位者的那个叫吴洋忠的人，他把小说家羊囚禁。而我呢，当然无法谴责一个幸福中人，哪怕在我眼中他就像一个乱臣贼子。或许，我始终在等着他良心发现，把羊放出来。

去年，有一天，吴洋忠告诉我，他又开始读书了。那种饥渴与贪婪的状态，让我想起谁的小说里写到的一个荒岛余生的人，在被途经小岛的商船解救出来之后，每天都从厨房里偷拿几个面包，藏在床底下，等到后来人们发现的时候，他的床底已经被面包塞满了。吴洋忠不时会发几张图片给我看，都是正在读的书的页面，他在上面写了很多批注，画了很多线。卡夫卡、乔伊斯、福克纳、西蒙……他要把能找到的他们的作品统统过一遍，然后再慢慢地恢复小说的写作，不管多难，他都要坚持下去。这是羊么？我很想这样问他。

后来，他把这部小说集的书稿发给了我。他说他重新看了一遍这些旧作，觉得还有价值。当然，我不用看就可以这样肯定地告诉他。当然，我重新读了它们。整个阅读过程中的感觉是复杂而又强烈的，就像我从未读过它们，那种朴拙鲜活、极不安分的气息扑面而来，那个诡异而又奇谲的世界再一次敞开了，那些纷繁而来的突兀神秘的文字情境，把我迅速地带回到十几年前最初读到它们的那些时刻。是的，这就是羊的著作。而我想告诉他的是，从现在开始，从这本书开始，我等羊回来。

2018 年 6 月 27 日于上海

ONE

生肖树

羊·忧伤的哲学家

一

羊和我们大家一样也有忧伤。我们生肖树上的每一个家伙都有它的忧伤，来自骨髓里的忧伤。这是我们能一直栖居在一起的重要因素之一。当然，人和人的忧伤是不一样的，程度也有所不同，甚至可以说千差万别。

但是，羊的忧伤远远大于我们。为此，诉说羊的忧伤的时候，我眼里饱含泪水，尽管这样我依然没有哭出来。你说是吧，一个人讲故事的时候怎么可以哭呢？要是我哭了，那我一定是个不负责任的家伙，因为我的泪水可能伤害故事，使其变得面目全非。

羊的忧伤有三个源头：第一，羊的忧伤来自它是羊这一角色；第二，羊的忧伤来自它的记忆；第三，羊的忧伤来自它对未来的恐惧。

其实，羊的全部忧伤都是可以理解的，因为这也是我们大家身体的一部分。只不过我们是些笨蛋，不够敏感、太笨拙或由于这样那样的原因，遗忘了自己是忧伤的集合体而忽视它。下面，让我们把羊的忧伤一一说来。

二

今年羊住在生肖树的顶端，即第十二层。到了明年能住在顶端的将不再是羊，而是那只尖脸黑腮的猴子，再下一年，猴子也将离开让位于鸡。

我们一个接一个升上去，又一个接一个循环下来，十二年完成一个循环，接着开始下一个循环。

羊坐于树冠最高一层，昂首挺胸注视着眼下的一切动静。今年它掌管生肖树的秩序和安全，对屁股下边的猴子呀、马呀、狗呀发号施令，这是我们十二个家伙共同的决策，也是大家一起治理这里的办法。它坐在那里孤独而坚强，回忆着自己的过去，同时思考因过去而存在的现在和将来。

羊首先想到的是自己作为羊的身份。作为羊，它的性子就是一大缺点，比如太温驯、不暴怒，在一般情况下，它是所有事件的受害者。要是它是老虎，甚至即便只是一条野狗，人们也会对它另眼相看。

羊的生理结构也是它所厌倦的，四肢适合走山路，走羊肠小道，在危险的山坡上行走，这就意味着它天生缺乏自我保护能力。可以这么说，羊比大多数动物孱弱，逃避几乎是羊全部的也是唯一的谋生和存活手段。它时刻妄想自己能变成老虎，要不狼也行，实在不行那就当个黄鼠狼吧。不论黄鼠狼多么臭名远扬，它至少是食肉动物啊。黄鼠狼在鸡们、鸭子们面前也是个王。还有，它看见别人大口吃肉大口喝酒的时候，心里就憋得慌。它觉着自己就是动物里的和尚，忌酒忌色，不能挥霍，整天嚼那些苦的草、甜的根儿。可是当别人友好地把大块的肉大碗的酒递给它时，它又无法吞咽。这就是羊的可怜的命运，老天爷给了它太多太多的限制。

三

羊的忧伤的产生，有很多原因。可是当我讲它们时，我真不知道该如何分类，它们相互区别又相互联系，边界不清晰，甚至根本不存在边界。是吧，就好像蝙蝠，你说它是什么东西，是鸟还是兽?

羊的忧伤的第二个源头是记忆。我们不知道它的记忆里有多少东西困扰着它，你看它的脸，整天没精神，你看它的眼睛，充满了迷茫、忧伤和绝望。我们关心它说，羊，你有什么忧伤就说出来吧，大伙儿帮你分担分担，憋在心里难受得很。可是它连支吾一下都没有，对我们的关怀视而不见，沉浸在自己的回忆和幻觉中。有时候，悲伤到了深处，泪水也就默默地流了出来。

我们聚在一起商量怎么拯救羊，也推测过它的记忆元素。它的记忆里大概有这么几部分：关于祖先的记忆；关于它妈妈的记忆，我们都知道它妈妈吃了一辈子草，被挤了一辈子奶，也没能落个好下场，结果被人炖着吃了，连一副供它拜祭的骨架也没留下；还有关于它自己的，关于它幼年的不幸，关于它的年少失意，关于它爱情的不顺。

羊一定经常想到那只它曾经深爱的母羊，母羊现在在哪儿呢？或许正跟另一只羊过着幸福生活，儿女成群，享着天伦之乐。这么一想，它又急又恨。它很想念母羊，想再看一眼母羊的容颜，哪怕已不再美丽。它又十分恨母羊，因为母羊弃它而去，从没顾及过它的感受。母羊出走后的那些日夜，它遭受了多少嫉妒的煎熬。

这些都是记忆，还有些我们不知道也无法体会的东西也许是羊的情绪，一旦绝望情绪蒸腾而起，羊有何感受我们真的无法感知。一个人和另一个人是那么不同，一个人和另一个人相距如此遥远，我们从骨子里彼此陌生，我们即使相处了快一辈子仍然谈不上了解，因为我们谁也没有办法也不愿意参与进别人的内心。

四

过去、现在和将来的唯一区别就是过去是现在和将来产生的绝对条件。没有过去你就没有将来。这是多么可笑的说法。当然了，将来也将是某个过去。时间就是这样，没有什么先后之分。很多时候我怀疑，时间原本就不存在，它就像个大容器，容纳我们，任我们在里边行走、忙碌、仇恨和抱怨。它大到了无形的地步，静止也就成了它的存在状态，而不是运动。运动和挣扎的是我们这些傻瓜！

羊的思维异常活跃，你别看它平时一动不动老老实实坐在那里。对于精神萎靡、半死不活的家伙，我会马上肃然起敬；若情况恰恰相反，来的人活跃且精神饱满，必然会遭到我的蔑视。从某个角度说，真正思考的人从不露声色，而是把自己伪装得平凡而陌生。

羊坐在山巅，看到了过去现在将来，看到了它们三者如何交汇融合化成一物，使自己的存在状态无比丰富复杂又无比简单。

简单成了羊忧伤的另一重理由。每到夜里，它就开始拔自己左半身的黑毛、右半身的白毛下围棋。围棋规矩不多，大繁至简，这正好预言了它以后的生活。这是很简单的一件事情，以后不过是以前的简单重复。不过这样说又不准确了，现实是无法言说的，以后是以前简单重复过程中偶然的谬误的产物，你却不知道谬误在哪里产生，以什么形式出现。

就说羊的死吧，或许它也被人捉了去吃掉血肉，砸碎了骨头，也有可能被别的家伙吃掉，比如山下的老虎。还有，死不是最难受的，对死亡的猜测与模仿才是真正消磨人的东西。你知道它会来，却不知它什么时候来，以什么形式来。

渐渐地，假设成了羊的思维方式，也成了它的生活方式。它像走索人一样行走在自己假设的高空，左摇右摆以保持平衡，下边没有安全措施，手里也没有平衡木。

猴·愤怒的街头艺人

一

猴子双腕合并，耷拉着两只手，背成弓形有气无力地走着。当然，很多时候，它更喜欢蹲在某地一动不动，有时在树上，有时在草丛里。

我最喜欢看猴子捉蚂蚁的样子。它一旦发现一个蚁穴，便守在那里，等待蚂蚁一只只爬出洞穴大摇大摆地走进它的阴影。它伸出右手，五指捏成一小撮伸向可怜的小宝贝儿们，拈起一只，咧开嘴，面带心满意足的微笑，轻微仰头将蚂蚁放到它的血盆大口上方。蚂蚁腿狂乱地挥舞，但无济于事。它又笑了一下，将小东西放进嘴里，咂咂嘴，继续捉另一只。

至于猴子在树上的事，则是大伙儿都知道的，它在上边吃果子和嬉戏。你别看它孤孤单单，照样能玩起来，有几次搞得天翻地覆惊动了生肖树上所有住户。

猴子走到山崖边，蹲下去，看着遥远的地平线。地平线周围雾气缭绕，模糊混沌，太阳总是从那里升上来。它望着地平线开始了又一次情绪变化。它总是这样，一会儿愤怒，一会儿兴奋，甚至兴奋得叫人无法忍受，一会儿无精打采。其间是介于两个极端之间的起伏变化轻微的情绪，大多数不甚明显难以察觉。

猴子来到生肖树的时候已经是这副样子了，经常愤怒。愤怒是它最基本甚至可以说是最稳定的情绪状态，它老是没完没了地愤怒。看见陌生人靠近，它就龇牙咧嘴、瞪大双眼盯着来者，面露凶相，表情里微含恐惧，眼光躲躲闪闪，往后退缩。不是只要你往后退或者表示出对它的尊重、不打扰它，它就缩到一边去，恰恰相反，它真的会攻击你。它看准你的嘴、眼、鼻子、衣服等等，一跃就扑了过来。

如果你是女士胆子小没力气，蹑手蹑脚去摸猴子的话，它会跳上你的脑袋，抓你漂亮的或者雀斑遍布的脸蛋，抢走你精致的小挎包，飞上树，坐于树端，翻找里边有没有好奇的玩意，不需要的则被它扔得漫山遍野。

当然，我们也不敢轻易靠近猴子。靠近它之前，你得先看准它的表情，分析它的眼神，再看它的脖子。只要它没有表情，眼里无光，脖子拉直仰着晒太阳对你没兴趣无所谓，你就可以靠近它了。它跨进生肖树那一刻已经是个糟老头，背着个罗锅，可怜兮兮的，脸蛋上长满皱纹和老年斑，屁股上长着两块大红疤痕。

如果要说猴子那复杂多变的多重性格和行为的话，还得从它的过去说起。那就容许我说说它的身世吧。

二

猴子在这之前并没有这么老。在地平线上的村子里时，它还算正当壮年，虽说眼角纹很多，但脸上还有些血色。那时候它好一点酒，一日三顿都必须喝上一点儿。早上起床后，第一件事是去茅房，蹲在茅坑沿上哼哼直叫，它被便秘及肛门抽动带来的痛苦所困扰；第二件事当然是穿上裤子啦；第三件就是去小饭馆喝上两口。

猴子喜欢靠窗坐，清晨的阳光照进来投在身上懒洋洋的。它开始慢腾腾地搜身上的虱子，待店小二把酒端上来，它就喝。不是认认真真地喝酒，那样没劲！喝酒一要喝得慢，二要喝得无聊，三要投入。这个投入不是一般的勤奋更不是如火如荼地干一把，有点像打醉拳，要有一口没一口地喝。这么说吧，一小杯酒就足够它磨蹭到日上中天，心满意足，幸福在身体里呼啦啦呼啦啦呼啦啦。

喝完酒，猴子便从桌子凳子间穿梭而过，走出小饭馆，走上大街。大街上空飘着各种各样的招牌幌子，饭馆的、药铺的、杂货铺的，江湖郎中尤其是牙医的幌子格外招眼。街上有吆喝的人，有地痞流氓，有推独轮车的，有送大粪的，小孩子在前边跑，妇女在后边追，当然偶尔还有官兵。它从熙来攘往的人群间挤过去，走出集市，镇子一下子显得无比荒凉，阳光干巴巴的，晒人。

猴子回到自己的茅草棚倒进床里美美地睡一觉，同时开始考虑自己的午餐和将来，喝一顿酒兜里的铜子儿就少一个。中午它照样一小杯，喝早酒可以不要菜，寡着喝，中午却是必须有下酒菜的，哪怕一盘素菜也行。猴子边酌边搜寻熟人，看见熟悉的它就端着酒杯跑过去和人家对饮。要是对方喝得吃得比自己还寒碜，它便立马转身一只脚搭到另一条腿上，独自慢慢喝。

晚上最为丰盛，一大杯上好纯高粱酒、一大盘荤菜，不是肝腰合炒就是爆炒鸡杂。它对动物肚腹里的玩意儿特别感兴趣，要是上边两样菜都不是，那它一定觉得自己很穷酸了，会要个红烧牛肉外加一份泡菜犒劳自己。这最后的晚餐，它吃得眉飞色舞泪流满面。吃饱喝足后，它醉醺醺离开窗户，走出饭馆，歪歪斜斜走回茅棚大睡一觉。这样的觉，它一生睡过两次。

猴子背上的罗锅越长越大，一天比一天显眼，搞得它寝食难安。这还不是最糟糕的，最糟糕的是它没有钱了，典当掉最后一件勉强可当的衣服，它真的一无所有了。望着远处地平线上高耸入云的山巅，它做出了生命里最后一次重大决定：蹒蹒跚跚地踏上了去生肖树的漫长路程。

三

在此之前猴子是个很棒的小伙子，个子高大，眼睛明亮，放着寒光，脸尖瘦削，在大河边埠头上的船舷之间跑上跑下。一年四季，埠头繁忙一片，货物成山，船只繁多穿梭往来，人们忙碌劳累，相互推搡，肩挤肩，脚踩脚。骡子、马匹、毛驴都在埠头上行走。有的骡子毛驴上骑着东倒西歪醉醺醺的小商人、查税小吏、带刀的游客。大商人都骑马，一是因为马比骡子和毛驴跑得快，二是马比骡子和毛驴高贵霸气。除此之外是老的少的年轻的身强体壮的身体佝偻咳嗽不停的“棒棒”。

天蒙蒙亮，作为流浪艺人，猴子一把掀开被子，跃出被窝，赤着大脚，穿一件灰白色土染小褂和一条长短裤，裤腿不过膝，甩动两手，奔向码头。奔跑过程中，两只手像梨子一样在空中摇来晃去，飘上飘下。跑到码头，它从人群的肩膀上跃过去，跳上舞台开始了新的一天的新的生活。

猴子表演天下最棒的杂技，吃火吞铁是雕虫小技，它最大的本事是做女人才能做的事——弯腰。它能将自己的头从胯下钻过去，再往上钻，头放到脊骨上。看上去，它像一个侏儒。几乎没有肚皮、胸、肩头、脖子，只有头和腿还有一点腰。它扭转脑袋，做出各种小丑的表情和颜容，用女声嗫声嗫气地说，各位看官，要是满意你就赏两个子儿呗。围观的人不约而同一阵哄笑着散开了。当然了，它还可以倒立，不依靠双手用头顶地，身子陀螺般旋转着往前移动。

猴子命运的突然转变来自于一次偶然事件，偶然左右了它的或者说我们的命运。一回它钻过胯，往上蹭头时听到了骨头断裂的声音。它缩回去，撅着屁股又试了一次，比上次更严重的是它听到了自己沉闷的哭泣。它坐到地上还没坐稳当就立即瘫倒在了台子上。它躺在那里伤心地大哭起来，泪水四溢，用衣服包都包不住。它回到老地方，瘫倒进茅草棚，被疼痛折磨得脖子扭来扭去，却无法翻身。

几天之后，猴子发现自己的身体在扭曲变幻中长出了一个小罗锅，毛孔里的毛日渐增长，变茂变黑，手臂长过双腿，脸也在变形，但是不算太厉害。等伤势好些后，它终于下定决心伸直双臂，抓住棚檐，屁股擦地，先左手、后右手相互交换着攀屋檐外的树丫，树丫一根接一根，向远方地平线上那个人口不多的镇子走去。

鸡·难辨雄雌的美人

一

哦，我的宝贝儿，它可真是个大美人儿，美得简直无与伦比，叫我们嫉妒，嫉妒得无地自容，恨不能像耗子那样打个洞钻进地里永远不出来，不跟它这个罕见的大美人碰面。

你看它的冠子，又宽又大，大红颜色，上边点缀着一小块一小块的疙瘩，往一边偏去，必要的时候，高兴或者不高兴时便将冠子耸起。下巴上两只耳朵形状的小家伙也是，脑袋摇一下它俩就闪动几下，简直就是大家闺秀的翡翠耳坠啊，你说它是大家闺秀的钻石耳坠也毫不过分啊，啄蚯蚓时，它俩还是扫去地面那层浅尘的好工具。

还有它的尾巴——它的冠子已经够叫我们难受的了，即使做了美容，脸蛋照着大明星的脸画，隆胸植皮也干了仍远不如它——我的老天，你看它拥有的那条天底下最漂亮的大尾巴，从它的尾椎骨起慢慢上翘，以三十度到四十度的角度，大约十厘米（这真是一个绝妙的斜坡长度）后开始往下微微弯垂，红的、黑绿的油油发亮的长毛，到后边，这些长长的毛，散开去，分别指向不同方向，它踱一步它们就跟着颤悠一次，煞是高傲。难怪我们有什么交际宴会都是邀它去做主持做迎宾。

即使我不细说你也能想象大公鸡的冠子、它的尾巴、它的“耳垂”的美，绝世的美。还有其他的美我们也不能忽视，你跟我来，我们来仔细欣赏这个罕见的美人儿吧，它的头、它的脖子、它的胸、它的翅膀、它的腿、它的爪子，还有它平坦的背，等等等等。

二

每天清晨鸡起床的第一件事就是双翅背在身后，两脚呈外八字踱步，踱出它的栅栏，向山崖边走去。这时是欣赏它翅膀和胸脯的最佳时间。

让我们先说说鸡的翅膀，这双该死的翅膀棒极了。首先是它的健壮，肌肉发达，只要轻轻扇两下翅膀就能上天，在天空里盘旋炫耀自己宽阔的双翅。还有它的毛，它的美多亏了毛的帮助，要不然它最多不过是一只小乌鸦而已，好比脸蛋绝佳的女人画一副平庸的妆容。在这里，它的毛刚柔相济，不像尾巴上长毛太多，也不像脖子上绒毛太多。

鸡把双翅背在后边，走两步闪一下，古代员外老爷的大袖筒子也有这个功用。只要走到山崖边，看见远处云朵后边的光线比近处明亮它便扑扑翅膀，拉长脖子，伸出腿伸个懒腰，清清嗓子，将小腹前的毛往后一掀，用翅膀一压，脖子往前一拉再一压，弯下去，脖子呈彩虹的形状叫开了：喔喔喔。真好听，我的大美人，再来一个。好的：喔喔喔。叫过之后，它高挺胸脯，站在悬崖之边，迎接红日出云层。

清冽的光线穿透层层云朵，紧接着红日跃上了云端。你可要看好了，一不小心就错过了这个美妙的机遇。很多登山看日出的人因为打了个喷嚏或者系了一次鞋带就错过了红日跃云那一刹那，遗憾极了吧。

红日上了天空，鸡转过身，挺着肌肉发达的胸脯，昂着脑袋，脑袋往左偏，左眼紧闭，右眼一眨一眨地冲老天爷做个鬼脸，挨家挨户地敲门。当然了它也有睡过头忘记打鸣或者睡迷糊了早起提前两三个小时的时候。古人说，人非圣贤，孰能无过。这个可以原谅。

每天中午鸡就没啥事可干了。日上中天时，它只好趴在当阳处，那里最好有不少泥沙，要干燥一点的，撒开身体荷叶一样趴在地上晒太阳，并来个舒舒服服的沙浴。

现在让我们再次来分享它的身体吧。它闭着双眼，脑袋一磕一磕，白色的上下眼皮合在一起中间有一条缝；金黄大爪子挠着脖子上柔软的毛，爪子上的鳞片一片压着另一片，重重叠叠，犹如龙鳞，气宇不凡，左爪子上长有几根可爱的毛；脖子上的毛蓬松起来，一层又一层，如五彩瀑布飞泻而下。

沙浴不但赶走寄居皮肤里、羽毛间的虱子，还撮掉了该死的老毛，让新毛脱颖而出，啊哈，它换上了新装！换了一身新毛它高兴得引颈高唱，鸣叫嘹亮，盘旋在云端天际。田里的山鼠、野鸡、兔子、甲壳虫都停止觅食直立身体扭头向叫声传来的方向张望，甚至蜈蚣也从红砂石缝隙里爬出来，挥舞着头顶两条比身体还长的触须以示赞美。

三

尽管我们竞相模仿它，尽管它被尊为我们的美男子，鸡还是为自己的形象感到遗憾。

首先，鸡说自己是很靓了，可是远不如凤凰，人们都知道凤凰美，尾巴奇长。说到这里，鸡说：“算了算了，我不去形容它，它的美无法形容，无法描摹。”何况，谁见过凤凰呢？人们没见过的美、见不到的美、虚构的美才是真正的美，那是大美。它的美却是那么的庸常凡俗，简直不值一提。

其次，鸡还有一个更糟糕的推测，也许这就是事实。它因为自己羽毛的美丽而恐惧，就不说别人对它垂涎三尺想拔了去做毽子做小手工，它也给自己带来了如下恐惧：第一，它认为自己作为男人应该有一身令人敬畏的毛而不是叫人喜欢和欣赏的毛，跟蜥蜴一样的皮肤才是它真正的渴求；第二，在此基础上，它开始怀疑自己的性别，怀疑自己不是男人，即使是男人也是个雄性激素太少雌性激素太多的男人，要是它是女人，那就更糟糕了，那它一定是雌性激素太少雄性激素太多的女性。这个推测将它推到两难的境地，它逐渐怀疑自己既不是男人更不是女人而是两性之外的第三性，并且，据说人类的性别多达七种。

传说和对自己性别的怀疑像梦魇一样罩在鸡的头顶，它蹲在悬崖边上，两只翅膀耸过肩头，夹住脑袋，不让任何人看见它，也不让任何人接近它。只要有人靠近，它就展开双翅，叫唤着沿悬崖边疯狂奔跑，跑上三五十步双腿一蹬，脱离地面，升到空中越飞越高。只有人走远了它才落回来，掉进草丛里或者荆棘林。

落地后它不会马上停下，为了自己的安全，为了不被人看见自己不伦不类的丑陋样子，它还得跑三百步才停下来，找一个安全隐蔽偏僻无人去的地方躲起来，蜷缩身子，脑壳埋在翅膀下打瞌睡。就算我们看见它也猜测不到它就是那只美丽的大公鸡。

你看它现在，毛脏，没精神，要死似的，打着瞌睡进了梦乡，真不知道我们可怜的大美人会梦见什么。我的老天爷，它的梦是个美梦还是个噩梦？

狗・忠诚的守墓者

一

那块墓碑一直在那里，我们来到这里之前它就矗立在那里。当然，还有狗。也就是说狗和墓碑是生肖树最早的居民。我们比它俩稍后一点。直到兔子在某个寒冬某个大雪纷飞的夜晚来到这里后，就再也没来过居住者了，兔子之前是虎。这个挺有意思，按理说应该是虎追逐着兔子到这里来的。

我们第一眼看见狗的时候它正蹲在墓碑前，面向墓碑，背向悬崖，伸着长长的鲜红舌头，舌尖上吊着一滴白色唾沫，不住地大口喘气。因为喘息，它的胸脯不断起伏收缩，两眼炯炯，看着墓碑和墓碑后面的坟头，警觉地注视着坟头，坟头上杂草摇曳。

山风凛冽，呼啸着撒着欢儿从远方刮来，扑打在狗身上。它背上干枯的毛全给掀翻了，毫无规则地向各个方向乱飘。狗用爪子把它们抹顺抹光溜，风又把它们搞得乱糟糟。它老是这样，待在那里不愿离开，无论雷鸣电闪、大雨倾盆、大雪纷扬，还是烈日当空。

我们没有走过去打扰狗，顺着离它不远的小道上山和下山。它不会理睬我们，继续坐在那里，偶尔偏头听听风声，感知云朵的走向，预测雨水的降临。在大风之后，在大雨之前，它将给坟头覆上一层层厚厚的芭蕉叶，使其免受雨淋。

我们也不知道狗为什么老是蹲坐在那里。月光皎洁的夜晚，远远看去，它就像一个人，直立身体坐在那里，与墓碑对面而谈。我们不知道它们在谈些什么，不知道它俩的来历，不知道它为何采取蹲坐而不是跪或匍匐，采取的是平静的注视而不是大起大落的悲伤和号啕大哭。

月光洒在它身上，一条影子投在地上，影子一半如人，一半如狗。坟只有墓碑才有影子，狗的影子投在墓碑左侧，条形，较长，也是一半如人，人很高很瘦，一半如狗，狗很瘦很弱，喜欢在人面前蹦跳。

关于这个，我没什么话好说。对事实我知之甚少，事实离我们已经越来越远，对我们重要的是关于它俩的种种传说和身份的重叠交错和混淆。狗的故事里，现象比事实更重要。下边让我们来看看两个关于狗的故事。

二

那年冬天，不，是冬天到的前一个夜晚，就是秋天的最后一个夜晚。窗外，树叶已经脱尽，树丫光秃，也许有一两只鸟儿停在上边。假设它是麻雀吧，要是你不喜欢麻雀，那我们就假设它是白头翁，我也不知道冬天乡下有没有白头翁，要不假定是乌鸦好了，反正这是一个令人伤感的故事。

有两只乌鸦站在窗外高高的掉光了叶子的树丫上，蜷着身子跟故事的气氛相当吻合——天真的很冷了，前两天还下了一场雨夹雪。乌鸦冷得直哆嗦，不断挪动步子，挪动一次发出一声凄凉的叫唤，“呱”。你偏着脑袋往窗外一看就能看到它们。是的，它们当然是黑色的。自从烤火被火焰烧掉比凤凰还美的羽毛，烧坏了比百灵还动听的嗓子眼儿后它就成了这个鬼样子，黑漆漆的一团，叫声像个巫婆。

刚过零点，天下起大雨。乌鸦不停挪动步子，被雨水淋得喘不过气，只好展开双翅，“呱”，嗖的一声蹿进云里不见了。它蹿进云的地方打了个闪，云被闪电撕成两半，天空被照亮了。

雨越发猛烈，像庐山瀑布，从天上坠落下来。第一下就砸坏了老人的牛棚，牛哞哞叫着跑进老人的屋子和他躲在一块儿。他俩相依为命，还有他的狗，狗也跳上床钻进他的怀里，吓得哼哼直叫。

你问我那场雨下了多久啊？很久很久呀。到底多久我也不太清楚，总之，春天来了好长一阵子雨才停歇。大家都说是魔鬼覆盖了天空，它巨大的翅膀变成黑压压的云朵，云又厚又大，它抖动翅膀，它的羽毛变成雨落下来。一片羽毛可以装满一个湖、一条江，外加一个大水缸。

雨终于停了，河两岸的村庄给冲毁了，人们躲在山顶搭建的棚子里。只有老人的屋子还在，因为它建得高啊，他喜欢半山腰新鲜的空气就把房子建在这里了。屋子里住满了人，几乎全是小孩，十分可爱，他们一天到晚嬉戏游玩。

粮食吃完了，大家开始饿肚子，肚皮像乌鸦呱呱叫，很难听。起初大家都以为乌鸦又飞了回来，可是后来他们一摸肚子才知道是自己的肚皮在叫唤。大人还可以撑两天，小孩们却不行，因为他们调皮，他们知道自己饿了就不停地哇哇大哭，哭得没完没了，泪水比山下那条河里的洪水还多。

老人也没办法，走出屋子向山顶另一边走去。他停下脚步望向远方，看看那里有没有吃的？最后他看见河对岸很远很远的地方有人在播种，是谷子。那是一个大地主的，方圆几百里只有他才有稻田，他想饿死所有人侵吞他们的土地。河这边全是穷光蛋，可是有大片大片的土地。那时候的稻苗都是从苗根上开始结谷子，从根到苗尖都长满大颗大颗的金黄色谷粒。

老人看着血红色的洪水，洪水还没消退下去，还是冬天那么宽，噬咬着河边的所有东西。最后老人想到一个办法——他的狗。狗凫三滩，猪凫四海，猪八戒比狗游泳厉害得多。狗说它愿意。

天黑后——狗只有天黑后才敢去，才不会被地主抓住——狗跑到河边，跳进水里，昂着头只有头在水面上，向河对岸游去。月光洒在河面上，波光一闪一闪的。那个夜晚真美啊。大伙儿马上就有谷子播种了，再过三个月谷子就会成熟能吃了，肚皮里的乌鸦也不会再叫了。

狗躲过地主的爪牙，躲开灯光，跳进谷仓，在谷堆里翻滚了几转。它身上不是湿的吗？这么翻滚身上便沾满了谷子。狗跳出仓库，飞跑到河边跳进河里，游了回来。可恶的洪水把它身上的谷子全部冲掉了，只有昂在水面以上的头和尾巴上还有些谷子。狗跑到老人身边立即栽倒在地，累死了。

以后的谷子就成了现在的样子，只有梢上才结，别的部位只长叶子不长谷子。种下去，没多久谷子就长了出来，结得很好没有饿死一个人。尽管人们的日子都好了起来。但是老人很伤心，他很孤独。他把狗扛到山上，找个偏僻的地方，挖出一个漂亮的小坑埋下，他还给狗树了个碑，碑上有它的名字。

后来风吹雨打，日晒雨淋，墓碑上的字迹越来越模糊，最后消失不见了。只有那块长满苔藓的石头立在那里。还有那个老人，他蹲在墓碑前，长年累月看着墓碑思念死去的狗。他想到狗的眼睛，想到了它黑油油光滑暖和的毛。老人觉得狗生前一直伺候他，现在狗已经死了该他伺候狗了。于是老人变成一只一样的狗蹲在那里做狗的仆人伺候它。

三

狗也不知道为什么要吃那块骨头，总之它饿极了。看见草丛里那块白亮亮的骨头，就扑了上去，生怕被人发现，两只爪子按住它，咧开嘴微笑着，偏着脑袋啃上边残余的肉味，味道美极了。不过，它觉得要是再有一块会更好。于是，啃完那块骨头，它便开始在原地寻找另一块。

老天爷在帮狗似的，没往前几步，狗就发现了另一块骨头。是呀，比上一块更大肉更多。它高兴得都要哭了。趴在草丛里，它想它已经吃过一块，这块，要慢慢吃，不能学猪八戒把果子全吃了还不知道味儿。啃着啃着它就感到头晕，打瞌睡，想睡觉，眼睛渐渐合上了。它使劲睁，睁不开，之后，它开始做梦。

在梦里，狗看见一个人提着长筒子猎枪向它走过来。狗看不清楚他的脸。他的脸模糊一片，像冬天灰茫茫的大雾，虚无缥缈。猎人用枪对准了它，枪口又黑又深看不见底儿。狗给吓坏了，爬起来转身就跑，毒药已经跑遍它的四肢，为了逃命，它跑得飞快，紧闭眼睛。它听到了枪声，枪声朦胧，既远在天边又近在脊椎上，还有猎人的吆喝。

跑着跑着，瞌睡彻底占据了狗的身体，连它的毛也给瞌睡占据了。狗蹿过一道门槛，以为那是它的家，这会安全了，便躺倒在地，呼呼噜噜大睡起来。

醒来的时候它发现自己睡在一个老人的怀里，是老人救了它。他往它嘴里灌盐水，那种药的药性只要见到盐水就会逃掉。它活过来后再没离开过这个老人，它本是一条无家可归的野狗。

狗跟老人相依为命，一起生活了一年又一年。

直到某年冬天，大雾四起，山路难走，老人摔伤了身子。他躺在床上叫它去山下找医生。它哭着跑下山去，它不知道它刚出门老人就死了。

老人这是不想让它守着自己死去，要真是那样它会很伤心老人也将很难过，他也舍不得离开它。

回来后它跪在老人床前哭。医生对它说别哭啦。它不听，一直哭下去，哭到了春天，哭过了夏天，之后是秋天，又一个冬天来了，它才停止哭泣，把老人驮在背上。不知道的人还以为那是一匹骡子驮粮食到山下卖呢。

它把老人驮到这里给他做了一个好看的坟头，竖一块大大的石碑。我们想安葬好老人它也该回去了。可是它没有，它一直蹲在那里守候着老人的坟墓。它忘不了过去更忘不了老人对它的恩情。

猪·聪明反被聪明误

一

猪天生就懒惰，不知道自己该干什么，究竟有什么目标。也许这样晃荡下去就是它的最终目标。得过且过吧。那时猪还很瘦，尖嘴猴腮，穿一件肮脏的卡其布中山装，双手抱胸，在集市上晃来晃去。

猪先去了菜市场，很久以来它一直在那里充当小混混，替别人收账，顺便收点保护费。如果必要的话，它也干点打手的勾当，从别人背后冲上去，一麻袋将人家罩住，系紧麻袋口，扛到郊外，扔进阴沟里，要不就是垃圾堆里。因为大家都知道，阴沟和垃圾堆都是很脏的地方，即使给扔进去一次，你也会遗臭万年。

猪还有更损的招，把你扔进茅厕的粪坑里。这下子可不得了，就是乞丐见了你也会捏着鼻子，怪不好意思地站到边上观察你，把你打量了又打量。乞丐为这个世界有比他更臭气熏天的家伙而兴奋。所以，自从猪挂牌当打手后不久，集市上花样百出的纠纷全没了，像耗子见了猫。

菜市上没有收获，于是猪去了肉市。这里是纠纷的多发区。可是和往常一样，它走进市场就看见肥胖的屠夫们挥舞着明晃晃的刀子，一刀劈掉一只猪腿，一刀砍下一个猪脑壳。它给吓坏了，吓得大小便失禁，生怕屠夫们捉住它，一刀就剁掉它的耳朵。

猪转身逃出来，故作镇静，扯扯衣角，清清嗓子，啐口痰，昂着脑袋，排开双腿向杂货市场走去。这可是好地方，是镇子上最热闹、最有趣的地方，有各式江湖艺人：要刀的、卖唱的、腿反过去从背后搭在肩上要钱的。还有各种小商贩：卖狗皮膏药的、刷皮鞋的、掏耳朵的。

二

这天猪的运气来了，它碰到了一个江湖郎中。

郎中专卖催肥药，他吆喝道："半包，对，就半包，将它倒进饲料保证三个月，对，只三个月长成千斤大猪。"

郎中不断吆喝，比画个不停。他躬着背，手捏一把石灰粉，倒退。从起点开始再回到起点。石灰粉从他拇指和食指间的缝隙里飘下来，落到地上，画出一条隐约弯曲的虚线。一头又肥又大的猪给画了出来。他本事真不算小，不只把猪的轮廓画得惟妙惟肖，把猪尾巴也画得活灵活现，还有它的耳朵、它的肚皮、它的眼神也都相当像回事。

郎中站起来，双手举过头顶，拍着拍子，击打出一团团石灰粉雾，呛人得很，喊道："来来来，看看看，半包养千斤大肥猪啦，来来来，买买买，一文值千金啦。"

听他这么一呐喊，无数男的女的老的少的都围上去，里三层外三层，将他团团围住水泄不通，最外边那层人还踮着脚尖，拉长脖子扑到别人的肩头上往里看。

猪当然不会错过凑热闹的大好机会，它也冲上去，往上一跃，跳到一个人身上，双手按住他的肩头，朝里边瞧。它看见那头猪又肥又大，简直不是人养的，只有超凡卓越的画家才能画出来。它冲郎中吆喝说："真是好药啊？是好药能把老猪我催肥吗？"

众人一片哗然。

郎中说：“只要你不是胖子就行。”

它当然很瘦，简直是世界上最瘦的猪了。它从那人背上跳下来，差点摔了个跟头。众人给它让了路。它从两排人形成的夹道中间走进去，撅着屁股皱着眉头，不可一世地摇左胸摇右胸，不住地向周围的人抛媚眼。大伙儿停止了说话，也不喘息，等猪走到郎中面前，他们才开始呼吸，心才从嗓子眼落回原处继续平稳而节奏明快地跳动。

猪比郎中矮半个头，再加上它往下微蹲，就只有郎中的胸膛那么高了。猪蹲下去围着郎中转一圈，瞅瞅他的眼，瞅瞅他的脸，摸摸他的腰和腰包，还掐了掐他的背，把郎中搞得一脸茫然。最后它说：“你长得比我还瘦。”

郎中乘机说：“我还卖减肥药。”

郎中又说：“我的身材全是减肥药的成果。”

说着说着，郎中从背上的挎包里掏出一大把碎纸片，挨个挨个地边给边说：“来来来，看看看，最新减肥药啊，世界最新科技，半包像赵飞燕，大姑娘们来看看啊，要苗条，找我最好。”

转瞬间，一大群姑娘围了上来，把郎中扑倒在地，抢他手里的宣传单，搜他的减肥药。只有他的手从黑压压的人头里伸出来，跟掉进水里快要给淹死的人似的，希望抓到一根救命稻草。他的救命稻草就是猪。

猪一把将郎中从人窝里拽出来，没一点礼貌，对大姑娘们叫嚣：“去去去，他只卖催肥药，想当杨玉环就买几包回去。”

如花似玉的姑娘见它嘴脸丑陋，减肥的兴趣减了一大半，哼哼几声转身散开了，任你把脚尖踮多高都看不到一个，连她们的背影都看不到。这样，猪和郎中就成了主要演员，周围全是观众。当然，也偶尔有人串串场子，跑跑腿。

猪说：“真是好药能把老猪我催肥吗？”

它暗暗寻思着：“催不肥老子就要收你保护费，送你去派出所，真能催肥也不赖，那我就赚顿免费大餐。”

郎中说：“能行，催的就是猪，要不是猪啊我还真不敢保证。”

他们这样你来我去，一问一对，最后搞成了一唱一和。

猪说：“我就是猪，你敢打赌？”

“赌就赌。”郎中说，“脱下你的衣服，我们来当众实验，我给你下三包药，你三分钟就能长肥。”

“不能又怎么办？”猪问。

众人在一边起哄：“就试试嘛，要真是好东西我们都买。”

郎中挽起袖，露出手腕，来了劲，把挎在背上的包拉过肩头拉过脖子后脑勺拉过头顶，取下来摆在地上。药一个一个摆成一排，有十余种，朱红、黑色、泥土色等等很多种颜色的配料。

郎中指着黑色的说：“这是陈年老炭碾碎的粉末。”

指着朱红说：“这是朱砂粉加红土。”

指着蓝色：“这是藏域蓝花，我把它们合理搭配。”

有人说：“分量很重要。”

郎中兴奋地站起来对着刚才说话的人说：“嗨，这位老哥说得对，主要是分量，大家都知道是这些配料，可是我搭配的能把猪催成大象，而你配的话，把猪催不肥不说，没准把它变成耗子，这跟炒菜一个理儿，要的就是对火候的把握。”

“去去去，少啰唆，你配好了我吃下去就知道了。”猪已经不耐烦了。

“马上马上。”郎中可不是急性子，跑江湖的小艺人哪个不是性情温和、应付自如？

郎中蹲下去，先对着他的药啧啧赞叹一番：“它们都是好药，好药啊。”

抓起一撮灰色草说：“这是藏甘蓝，二两。”

抓一颗豌豆般大小的白色颗粒说：“这是青海鱼眼。”

大伙没听明白问他说的什么。

“你们没见过的，青海鱼眼。”

抓起一把黄色粉末说：“三两浙江黄连。”

捏一粒黑色籽说：“巢湖莲子。”

等等等等。

最后郎中甩一把黄土色粉末盖在前几种药上，蹲着，双手举在头顶，仰头打量着观看的人，拍拍双手吆喝说：“来来来，看看看，养千斤大肥猪呐。”

说罢郎中把配好的药递给猪：“哥们，拿好了，保证你今晚胃口大开，不管是屎是尿你都能吃下几碗。”

三

猪很后悔当时的莽撞，要是它不满脑子想着让那江湖郎中当众露馅好收保护费的话，它也不会跑到山上来。

猪接过来，打开袋子就往嘴巴里倒，各种各样的粉末啊、颗粒啊、草叶草茎一股脑儿掉进它的喉咙里，顺着喉咙呼呼啦啦呼啦啦啦下溜，快进胃了，它们却过分地争先恐后争强好胜堵塞了自己的去路，也堵塞了猪的喉咙。

这下子猪连喘气的地方都没了，倒在地上双手掐着喉咙翻来滚去，跳呀翘呀的活像一只沙滩上的大虾。大海近在咫尺，不远处就是潮汐声，可是它怎么挣扎都来不及到海里去。

而郎中却袖手旁观，一边看猪在地上煎熬一边解释说：“这样效果将更佳，这么一翻滚它的血液循环将加快，药性也会以最快速度达到身体各个部位，催肥进度会大大提升，催肥期也将大大缩短。”

无论猪怎么翻滚它们依然塞在那里不肯掉进胃里。猪爬起来，不顾自己难受的喉咙，一把揪住郎中。郎中吓得腿软，缩成一团，吊在猪的双手上，像高高的树梢上缀着的马蜂窝，马蜂窝牛屎黄，圆溜溜。

猪立即扔掉郎中，它实在是太难受了，掉头冲出人群，人们也跟着掉头看着它。它冲到一面墙前，一头撞在墙上。

四

这个故事的结局是这样的：猪一头撞倒了那面墙，房顶塌下来砸在它身上，它的头被埋在瓦砾堆里，两条精瘦的腿却在外边踩自行车似的晃动。

猪真的长胖了，主要是脸和上半身，所以你看到的猪都是脸难看，肚皮大，而四条腿却非常干瘦，几根骨头而已，啃得不小心会硌坏你的牙齿。

猪好不容易才把自己的猪头从瓦砾堆里拔出来。房主没敢索赔。可是别的人不一样,他们举着菜刀冲上来想捉住它逮回去放在自家猪圈里。为此,猪只好逃呀逃呀,卷起漫天灰尘,模糊了追它的人的眼睛,逃出镇子。

还有一种说法是人们对猪一直很好，只是它长成千斤大猪后，实在没那么多草料和粮食给它吃了，它只好自己跑到山里来找吃的。可是，这里的草也不大够它吃。你看，猪不是经常趴在地上，用鼻子拱泥巴吃里边的蚯蚓吗?

鼠·过眼烟花空似锦

一

鼠：

耗子

关于鼠的名著：

《西游记》

《猫和老鼠》

注释：

《猫和老鼠》包括两个名著，一个是美国动画片，一个是君特·格拉斯的名篇。前者看过几个片段，而后边那个只看了第一页，春节前在西南书城捏了两下，换买了《副领事》。遗憾的是，我至今还没看过《西游记》。

著名游戏：

逮猫猫

本故事来源：

一句口头禅

（此话是否有典故尚不知）

二

那我们就从春节说起吧。我们有我们的节日，耗子也有耗子们的节日。我们过春节，它们也过春节。西方人过圣诞节，他们的耗子、猫是不是也过圣诞节呢？全世界的耗子们都不富裕，也许是一句话把它们诅咒了。

小时候我的一个亲人，很亲很亲的亲人，经常说：耗子偷米汤，不够覆嘴。在西方，在富人家里，耗子偷劣质的奶油和牛奶。在穷人家里，它们连米汤也没得偷，只好躲在洞穴里，双手抱肩，冷得直哆嗦，对富人家里的耗子们胡须上残余的白色的发馊的牛奶汁儿羡慕不已，更担心它们掉到了地上。在中国，耗子就偷别的，因为我们的饮食习惯跟西方不一样。在地主家里，耗子偷腊肉皮，偷鞭炮，也许还偷点烧酒。在穷人家里，它们偷米汤。

到了年终，冬天快过去了，春天快来了，穷人们也想着法子乐一下。当爸爸的说："那我们吃一顿大米干饭吧，大家都吃得饱饱的，孩子们出去玩，我去地里干活。"他的主意得到了全家人的赞同，老人觉得不错，孩子们也喜欢，于是大家异口同声说："那就这样吧，今天过年，我们吃一顿大米干饭吧。"

洞里的耗子妈妈和耗子爸爸听了也很高兴，转身对尾随在后一个接一个偷听谈话的小耗子们说："就这样吧，今天过年，我们吃一顿热乎的米汤吧。"小耗子们立即想到了热乎乎的米汤从勺子里倒进嘴巴，再流进喉咙的暖和劲。它们高兴极了，感到无比幸福，争先恐后地说："妈妈（爸爸），那我们就吃热米汤吧。"说完话，小耗子们就欢快地离开自己的家，朝富人家的耗子家跑去。

它们还记得去年过年富人家里的小耗子玩的鞭炮，擦着一根火柴，点着它的辫子，它的辫子可美了，闪着五颜六色的火花，发出汉语拼音字母表里S那样的响声：SSSSSSS。火花像蛇一样跑过去引燃了鞭炮，嘭，红色的、白色的、灰色的、黄色的碎纸片满天飞舞，雪片一样美丽。它们飘啊飘啊，旋转一百八十回，才仙女一样落到地上。

要是耗子们偷到的是烟花就更好了，嘭，焰火冲进深远的夜空——夜空很黑，没有一颗星星——炸开去，变成各种各样的花朵，蓝色的呀、绿色的呀、火红的呀、紫色的呀，还有很多很多红黄蓝绿紫混合出的颜色，伞形喷泉那样掉下来。焰火映红了半边天，引来很多小朋友，有些大人也来看，富人家穷人家的小朋友都爱看小耗子们放出的焰火。

小耗子们叽叽喳喳地走了。耗子妈妈和耗子爸爸就留在洞口，注视着那家人的一举一动，只要时机一来，它们就蹿出洞口，偷点热乎乎的米汤回去，暖和暖和小耗子们呱呱直叫的傻肚皮。

三

当然了，那家人要先把一年才节余下来的大米，一共不到两斤从最隐蔽的角落翻找出来。那角落很隐蔽，连耗子妈妈耗子爸爸都找不到，要不它们何必为一点米汤在那里苦苦等待。它俩看见大人把米找出来，全倒进了葫芦瓢里。耗子妈妈抱怨耗子爸爸太粗心大意，耗子爸爸却说："好了好了，要是我们偷了大米，他们怎么过年？要真是这样，我们连米汤也没的喝，各取所需，今天能喝上一碗热乎的米汤我也就知足了。"

也许你没见过葫芦瓢，我可是见过的。它的做法很简单，摘葫芦的时候留一个长得最漂亮的葫芦不摘，让它一直吊在葫芦棚上长啊长。秋天，即使最后一片葫芦叶子也已掉落，你依然要让那只葫芦挂在上边。当冬天的第二场大雾来临，你就把它摘下来。这时，葫芦已经长大长老，像爷爷的脸那么老，上边有些褐色斑点，都是圆的，葫芦的壳变得坚硬无比。你小心把它剖成两半，最好用锯子锯。哗啦一声，葫芦开了，里边的瓜瓤也老得差不多了，不可以吃，葫芦籽可以留下做下一年的种子。我们就得到了两个葫芦瓢。

当妈妈的往瓢里加了水，右手在里边使劲捏，淘去米里夹杂着的很少的糠壳和米粒与壳之间那层灰粉。她很高兴，一下子淘了三次。米粒一颗颗的白。之后，她把瓢放进灌满水的锅里，轻轻按，将瓢淹没，再轻轻旋转水瓢拿出水面，于是，瓢上一颗米也没有，大米全在锅里了。

当妈妈的去灶台生起了火，火苗很细，一根根摇摆着身子往上蹿。耗子妈妈和耗子爸爸在火焰里看到了它们自己，耗子妈妈觉得耗子爸爸今天很帅，耗子爸爸觉得耗子妈妈今天特漂亮。它们高兴地彼此拥抱了一下，继续趴在洞口，看着灶膛里明亮的火焰，火焰时粗时细。

大约半个小时，锅盖发出咻咻的叫声，是锅里的气体从锅盖和锅之间狭小的缝隙里冒出来了。还可以听见隐约的开水滚动和气泡破裂的声音。她揭开锅盖，一股白气蒸腾而起，弥漫了她的眼睛。她后退两步，等雾气散尽再走上去。拿过盆子，拿来木勺，把锅里的米和水全捞上来倒在盆子上的筲箕里。米留在筲箕里，雪白的米汤流进盆子里，先是哗啦哗啦哗啦，后来是滴答滴答滴答。

耗子妈妈、耗子爸爸激动得又拥抱了一次。

一只顽皮的小耗子这时候跑了回来，问："妈妈，米汤好了没有？"

耗子妈妈说："嘘，小声点，快要拿到了，你再出去玩一会儿。"

小耗子嗯了一声，转身蹦跳着走了。

耗子妈妈和耗子爸爸合计着等米汤凉些，不烫嘴了再去偷。

它们继续趴在洞口。

四

那家人都回来了，老人、孩子都上了桌。

当妈妈的盛了一碗又一碗白米干饭，端上桌子，每人一碗。

当爸爸的端出积攒了很久的泡菜，还有半碗豆瓣，说吃吧。

孩子和老人都吃开了。饭很香，菜也很香，小家伙没一会儿就撑饱肚子，溜下凳子出去玩了，而老人还坐在那里，慢慢地吃。

耗子爸爸和耗子妈妈趴在那里，看着他们，希望他们赶快吃完离开厨房。这样，它俩就可以动手了，噌噌噌顺着桌腿儿爬上去，翻上桌沿叼一口米汤就跑。只要七八个来回，它俩就能将自己的孩子喂上一遍，这个年便过得完美了。要是可能的话，它俩也打算偷点泡菜和豆瓣。

过了很久老人才吃完，拉开凳子，走出厨房。然而那两个大人还没有吃。他们等老人和孩子都吃饱了才吃，一是因为他们怕饭不够老人和孩子吃，二是因为饭的确不够吃。锅里只剩下一小碗。尽管这样，他们还是开开心心地坐下，一人一半分着吃。

他们也吃完了。耗子爸爸和耗子妈妈很高兴，拍手庆贺幸福的到来。它们悄悄地水一样溜出洞口，却发现他们在喝米汤。咕咚、咕咚，先是妈妈，后是爸爸。爸爸喝得比妈妈多。他放下盆子，用右手手袖在嘴巴上横着抹一把，拍拍溜圆的肚皮跟着妈妈走出阴暗潮湿的厨房，走进外边白花花的阳光里。

白花花的阳光一下子吞噬了他们的背影，也刺伤了耗子爸爸朝他们观望的眼睛。耗子妈妈说：“唉，别愣着呀，抓紧时间，不然他们的孩子要口渴跑回来喝米汤了。”它俩噌噌噌地爬过桌腿，一个前空翻翻上去落到桌面上。

耗子的四条腿都用来跑，没一条空的，只好用嘴巴叼。要是它们像人有多好，两条腿走路，两条腿做手。要真是这样，它们就可以拿只勺子或者别的容器盛满米汤抬着走。耗子妈妈很心细，考虑到了这个问题，她对耗子爸爸说："我们站着抬好了。"耗子爸爸竖起大拇指夸她聪明。

最初它们打算把整个盆子给抬走，但是盆子的确太大，真是个庞然大物。它们还考虑了葫芦瓢，它是只大乌龟，挪不动。为此，它们考虑到了更小一点的家什：碗和木勺。好家伙，碗比葫芦瓢还重，木勺比较轻却装得少，抬着它顺桌腿往下滑的时候又容易洒，到达地上时里边根本没什么米汤了。所以，它们经过几次挫折和失败后，还是启用了老办法——用嘴巴叼。

耗子妈妈把小耗子一个个叫到洞口，一字儿排开。耗子爸爸就在米汤和鼠洞之间往返奔波。它翻上盆沿，上半身栽进盆里，下半身吊在盆外边。由于紧张，害怕掉进去给淹死，它浑身不住地颤抖，尤以它的尾巴和屁股颤得厉害，头也在颤抖，脖子上的皮毛都紧绷绷的。好不容易嘴才够着米汤，点上一嘴翻身就跑。

耗子爸爸跳下盆子，往前一蹭跃过桌沿，落在地上，拔腿就跑，跑到小耗子面前，父子俩嘴对嘴。使劲往小家伙嘴里一吹，米汤就飞进了小耗子的喉咙。米汤还算暖和。小耗子还没来得及道谢，耗子爸爸已经跑开了，再一次直奔米汤而去。

耗子妈妈和蔼地推开刚吃米汤的那只小耗子，说："你去玩吧，让老二来。"于是，后边那只小一点儿的耗子排到了最前边，狗一样坐在地上，等待米汤。

耗子爸爸往返十几趟才把那群小家伙们喂了个遍，老大、老二、老三……十一、十二都吃饱了，才轮到它俩。它俩和那对夫妇一样，唯一区别是一对是人另一对是耗子。它们趴在盆沿上吃呀吃呀，耗子妈妈好几次高兴过头掉了下去。它刚掉下去，耗子爸爸就捞住它的尾巴把它揪了上来。

耗子妈妈和耗子爸爸刚吃到半饱，那家人的小孩就跑回来看见了它们，大叫道："打耗子呀，打耗子呀。"它们给吓破了胆，没敢再多吃一口，跳下桌子，逃进洞穴里躲起来，浑身直哆嗦。而那盆味美可口的汤被小孩抱走了。不吃光它，他绝不会放下盆子的。他也很饿，至少今天之外的所有日子都这样。

牛·自大的动物模范

牛真是好得没法说，吃下的是草，挤出的是奶，我们都该好好向它学习。

黑色的水牛、犀牛、牦牛，白色的神牛，白斑黑斑夹杂的奶牛，玩具牛、泥巴捏的牛、镇河的铁牛石牛都是好牛。

还有树上的甲壳虫，它长着一对长长的触须，比身体还长，嘴叼一对锋利的钳子，咔嚓，咔嚓，夹坏了我的小指头，指头流出了鲜艳的血，血一股又一股，热突突的，红色的。我们叫它天牛！

虎·狭路相逢智者胜

一

时间：傍晚时分

地点：大山山腰

人物：小孩　老虎

事件：一场有趣的谈话

夜幕降临，挂在半山腰的红日不见了，光线冷淡下去，明亮的天空骤然暗淡，大山一片模糊。夜风从东边吹来，树叶哗啦啦响成一片，树梢整齐划一地倒向西边，又整齐划一地反弹回来。

老虎迈着傲慢的步子，钻出黑咕隆咚的树丛，踏上林间小道，大摇大摆地往山下走去。风吹过山腰，树林哗啦作响，鸟没了叫声，动物停止了迁徙，蚂蚱蹲在原地旋转头顶两只又长又细的触须。

小孩从树林里走了出来，肩挑一捆柴，全是松枝，柴火随着扁担的跳动而左右摇晃。小孩一边走一边东张西望，偶尔做两声布谷叫。天色越来越暗，小孩加快了步子。

老虎从小孩侧面的那条道里一跃而出，挡住小孩的去路。

二

老虎 站住。

小孩 你是谁?

小孩看见一只大老虎横在自己面前，不由得一阵惊讶，后退两步，不知所措，轻轻放下肩上的担子。

小孩 拦住我有什么事?

老虎 （很高兴，把双手抄在胸前，偏着脑袋）没什么事，就想留你陪我一会儿。

小孩 不了，（机灵地，眼珠骨碌骨碌转，讨好地）我妈妈叫我早点回去。

老虎 唉，小孩子贪玩回去晚了，妈妈也不会打屁股的。

小孩 要不得，我妈妈就爱打我的屁股。

老虎 喔哈哈哈，小孩屁股嫩嘛，谁不喜欢打?

小孩 不,不,老虎先生,她凶狠无比,每次都留下很深很深的指印儿。

老虎 那让叔叔给你看看。

小孩摸摸屁股，瞟了一眼老虎，往后退出两步。

老虎 你想跑?

小孩还是没说话，看着老虎，又看看天。天快黑尽了，远处的树冠黑漆漆的，像一只只蹲着不发声的大鸟。又刮过一阵风，小孩被惊了一跳，肩膀往上耸，小声地哭。

小孩 老虎先生，我怕。

老虎得意扬扬地捋捋胸前大把的胡子，双手背到背后，看看远处的树林，看看远处的山坡，低下头盯着自己的脚尖，更优雅地捋着胡子。

老虎 挨着老虎还有什么好怕的?

小孩 （眼睛闪闪亮）对，你是一山之王。

老虎 哈哈哈哈，（十分高兴）那就是说你已经不怕了？

小孩 不，我还是害怕。

小孩瞅瞅老虎。老虎皱着眉，脸拉下来，相当难看。小孩小心翼翼、胆怯地靠近老虎，向老虎招手。老虎躬下身，把耳朵放到小孩胸前。

小孩 老虎先生，要是你挨着魔鬼，魔鬼说他要保护你，你会害怕吗？

老虎 嗯，你说我是魔鬼？

小孩 （慌张地摇手）不是，不是，我只是打个比方。

老虎瞪大了眼看着小孩。

小孩 那我说你是小孩好了。不不不，我还是说错了，（更加惊慌，几乎哭了出来，声音变得嘶哑）你不是小孩，我是说我们俩谁都不是谁。你明白吗？

小孩抬头，睁大眼睛乞求般地望着老虎，老虎比他高许多，小孩只有老虎的腰那么高。小孩的眼睛很可爱，乌黑，大，还是双眼皮儿。

老虎 （生气地）明白，当然明白，你的意思是挨着我就怕？

老虎张开血盆大口，嚎叫一声。四周的树枝沙沙摇晃，紧接着，一片接一片的树叶掉下来落在地上，像一只只黄色的蝴蝶。

老虎 小心我吃了你。

小孩 我怕的就是这个。

老虎 嘿嘿嘿，（心情突然变好，露出温和笑容）你不留下来的话我就吃了你。

小孩 我知道，即使我留下来你也会吃了我。

老虎 嗯？你怎么知道？

小孩 因为我知道你饿了。

小孩从口袋里掏出一把东西，递到老虎眼前。老虎专注地看着眼前陌生的东西，有金黄色的，有蚯蚓形状的，还有一块像乌龟。

小孩 （指着金黄色的食块）这你就没吃过了吧，这是麦当劳的炸鸡腿，美国来的。

小孩被蚯蚓状的食物难住了，因为它可不是薯条，小孩很聪明，跳过去没介绍它而介绍乌龟形状的玩意。

小孩 至于这个嘛，这是玩具，哈哈哈，哈哈哈。老虎先生，我搞错了，我把玩具也摸了出来。

老虎没在意食物，伸手摸了摸玩具，觉得十分新奇，拿在手里左看右看，还翻过来看乌龟的肚皮，手指尖轻轻擦乌龟肚皮。

小孩 要是你喜欢的话我送给你好了。

小孩拿回玩具，掰开乌龟肚皮上的阀门，乌龟的四肢吱吱呀呀转动起来，头和尾巴也缩到了肚皮里。

小孩 你说好玩不？

老虎 咿嘿嘿，好玩好玩。那你送给我好了。

小孩 （一下子把玩具抱紧在胸前）除非你放我下山。

老虎 好的，我放你下山。

小孩抬眼看了看山下，远处村子里已灯火阑珊，还听得见隐约的犬吠。而山上漆黑一团，睁大眼睛也看不见路。小孩抬头看天空，天空似乎没有了，不知道有多高多远，却又感觉它就在伸手可及的地方，没有一颗星星。

老虎顺着小孩的目光往远处看，看见一只肥大的鸡踱着步子，还有一只鸭子、一只肥鹅。老虎狡黠地转动眼珠，嘴巴微张着口水顺着长长的白胡子流到了地上。

老虎 送我吧，送给我了你就可以下山了。

小孩想了想，还是紧抱玩具。

老虎　给我吧。

老虎对小孩会心一笑，这一笑使老虎像猫。

小孩　好吧，我给您。

小孩把玩具塞进老虎怀里。老虎接过玩具尽情地玩赏。老虎掰开按钮，乌龟吱呀吱呀地旋转，把老虎吓了一跳。老虎低下头，皱着眉，咬着下嘴唇，伸出一根指头打算摸乌龟的屁股，乌龟尾巴一下子缩了进去。老虎嘿嘿地笑开了，又去碰乌龟的脑袋，乌龟的脑袋也缩了进去，而后边的尾巴却伸了出来。

三

小孩站在一边，看了看老虎，转身挑起担子，往山下走去。小孩的步子真大，一步相当于一般小朋友的两倍。风声又起，风越来越大，刮过树梢的时候不只将树梢压弯，还吹断了一些干枯的小树枝。树枝噼啪直响，纷纷坠下来。小孩逐渐消失在夜色里，老虎只看到一片黑。老虎纵身一跃，扑出好几米远，愤怒地东望望西望望，喘着大气。

老虎　你给我出来。

树丛里一片漆黑，老虎没看到小孩的身影，愤愤地将玩具摔在地上，跳上去踩踩踩，把玩具踩了个稀巴烂。这时候，小孩并没有走远，而是躲在老虎身边的树丛里，屏住呼吸，不被老虎发现。小孩在哆嗦，手都掐进了树皮。老虎趴到地上，鼻尖贴地，不住地嗅。

老虎　我闻到你了。（得意地笑笑）你身上有榛子味儿，还有奶糖味。

小孩还是一动不动，他不知道老虎究竟发现他没有，他不能出去。

老虎　还不出来？（转动眼睛）你身上还有小护士的气味，今天早晨你妈妈一定亲你了。出来吧。（老虎索性直立起来，左手叉腰，右手捏成拳头敲打自己的腰，打了个大大的哈欠，感觉自己有些困了。）

老虎　出来吧，再不出来，我就把你撕成碎片，薯条那么碎。喔哈哈哈。

老虎把手伸进丛林里，抓了一把，正好在小孩脑袋左边，什么也没抓到。老虎又摸了第二把，这回在小孩脑袋的右边。老虎还是两手空空。老虎很狡猾，没有愤怒，没有嚎叫，伸手摸了第三把。小孩往里退缩。

老虎　我已经感觉到你的体温了，出来。

小孩往里退缩，嘴咬着右手的中指指头。

老虎　（真正发怒了）出来，出来。

老虎扑进丛林里，疯狂地扑倒灌木，扒开挡住视线的树枝，踩倒了一大片，终于看见了小孩撅着的屁股。小孩双手抱头，上身埋在石缝里，直哆嗦。老虎一把将小孩揪了出来。

老虎　喔哈哈哈，哈，我看你往哪儿跑?

小孩开始哭。

老虎　哭什么?

小孩的两只小眼睛可怜极了，暖乎乎的泪水溢满了眼眶，一滴眼泪从眼眶里漫了出来，吊在眼角，没一会儿那滴眼泪迅速滚落下来，流过脸颊，挂在了腮边。

老虎　我还没吃你，哭什么哭。

小孩哭得更伤心了，已经没有了声音，不住地抽泣，打着摆子。

小孩　你马上就要吃我了，哇哇哇，我知道。

老虎　你真烦人，别的动物都没你胆小，（把小孩扔到了地上）不许哭!

小孩　我偏要哭。

老虎　不许哭。

小孩　我要哭。

老虎 不准哭。

小孩 我要我要我偏要。

啪啪啪，老虎在小孩屁股上拍了三巴掌。

嗯，呜呜呜，小孩不但哭，还仰在那里，甲虫一样踢蹬双腿，两手抚住眼睛，使劲擦。

小孩 你不吃我我就不哭。

小孩呜呜呜地哭。

老虎 咿，小家伙，我为什么不吃你？告诉你吧，我最爱吃你们这些小朋友了，肉鲜，比那些野猪野猫野狗的肉好多了啊。喔哈哈哈哈！

老虎 （高兴地，逗乐地）想我不吃你，除非说个叫我不吃你理由。

小孩 我还小，全是骨头，你等我长大了再吃吧。

老虎 喔哈哈哈，野猪这么说，野猫这么说，你也这么说，你们都是笨蛋，一群笨蛋！

小孩 是吗？

老虎捋捋胡子，傲慢地点点头。

老虎 对，我骗你干什么？它们都这么说。

小孩跪在地上，双手按地。

小孩 （怯怯的眼神里略带侥幸）你是说我要是说出个好理由你就不吃我？

老虎 （又捋了捋自己的胡子）那是当然。大丈夫一言九鼎。

小孩 嘻，你刚才就说话不算话，何况你还是老虎！

老虎 这回算话。

小孩 真的？

老虎 真的。

小孩 拉钩。

老虎 不拉。

小孩 要拉，拉了我就讲故事给你听，听完了你觉得好就放我回家。

老虎 那好，来来来，拉钩。

老虎和小孩拉钩。

小孩 （边拉钩边说，很高兴）你是不是动物园里跑出来的老虎？

老虎 （摇摇头）不是不是。

小孩 我猜你一定是。

老虎 为什么？

小孩 要是你是动物园里跑出来的老虎就好了，那我可不怕您。

老虎 为什么？

小孩 因为动物园里的老虎不会杀小动物，它们没学过这个。

老虎 （有些心慌）不是不是，我在这里都待了两百年了。（怕小孩不相信，捋捋胡子）不信啊，不信就看我这一大把胡子。

四

小孩点点头，开始讲故事。

老虎坐在一边的石头上，双手托腮专心地听着。

小孩 我对老虎说："你敢吃我我就杀了你。"老虎不相信，皱着眉小看我。它还伸出小拇指头说："你这么一丁点杀得了我？你可要知道，我是一山之王，是百兽之王，谁杀得了我？"我说："你别看我小，可是我很聪明，我想办法杀你，不跟你硬斗。"我转过身从柴火里抽出柴刀，两手紧握刀柄，举在面前，说："只要你一扑过来，我就划破你的肚子。"

老虎 这个我知道，你们的课本上有，老虎跃空扑过去，唐打虎就在它肚皮上狠狠划上一刀，那儿可是我们老虎最薄弱的部位。

小孩　啊，那只老虎知道这个，你也知道？

老虎　当然了，哈哈哈，当老虎的都知道，我们已经不用那一招了，你们那该死的刀子早就不管用了。

小孩　我说：“老虎先生，既然你已经知道这一招了，我不小瞧你，我用的是另一招，你敢吃我我会杀死你的。”它问我是为什么，它对这个很感兴趣。我说：“我假装对你百依百顺，对你阿谀奉承。”它说：“啊，这个我喜欢啊，我就喜欢别人拍我的老虎屁股。这个很好。”我对它说：“你一定会喜欢我信任我。”它说对，说话的时候它像你一样也捋自己的胡子。渐渐地，它已经信任我了，于是我对它说：“大王，我有话跟你讲，是个坏消息，听了你别生气。”大王说：“嗯，我就爱听坏消息。”我伏到它耳边对它说：“这座山上来了另一只老虎。”

老虎　小傻瓜，原来你们人类比我们还愚蠢。这个我早知道了，民间故事里多的是，英国的民间故事里也有，你学过的英语书上就有嘛。

老虎心满意足地捋捋胡子。小孩焦急地看着老虎，心慌极了，不知道下一步该怎么办。

老虎　你把我骗到河边或者水井边，叫我往里看。于是我看到另一只老虎，扑进水里跟它干仗，是不是？我早知道啦，不但知道那是我的影子，我还学会了游泳，掉进大海也淹不死。你真是个愚蠢的小家伙。

老虎咧开血盆大嘴露出愤怒的表情。

小孩　不，我很聪明，你没看见老虎。

老虎　那看见什么了？

小孩　看见一只乌龟，你把它抓起来却吃不了它，它的盔甲很硬，你拿它没办法。

老虎　有意思，我有点喜欢你了。不过这个我也知道。继续讲，继续讲你的故事，但是不许捏造。

小孩　既然你也知道这个，那我这样说你放我下山不？我把它带到水边，我对它说它往里看可以看见漂亮的脸蛋。

老虎　那好吧，反正我也不会跳下去。

小孩　它走到水边，趴在沙滩上，把头伸到水面上，它给自己的影子吓死了。

老虎　胡说，老虎的胆儿就这般小？

小孩　那只老虎就这么胆小。

老虎　哦，（心情十分舒畅，觉得这小孩子真可爱）我快要放你下山了，（捋捋自己的胡子）不过……

小孩　不过什么？

老虎　你再讲一个好听的故事我就放了你。

小孩　（略做沉思）好吧，我再讲一个，要是故事里的老虎死了，你就放了我。行不？

老虎　行。

五

小孩真高兴听到老虎干脆的回答，给了老虎一块泡泡糖。

老虎坐在大石头上，一边吹泡泡糖一边听故事。泡泡从老虎嘴唇间膨胀起来，呼呼地变大，嘭的一声炸裂开去，贴在老虎的下巴上、嘴唇上。老虎伸出舌头把泡沫卷了回去，嚼一会儿，又一个泡泡从它的嘴唇间膨胀起来。

小孩　我飞快往前跑，跑出老虎爪子可及的范围，噌噌噌地爬上一棵又高又大的树，树有山那么高，还很大。我坐在树上，看着下边的老虎。它跑到树下，仰着脑袋望着我。

小孩　我说："老虎先生，你别吃我吧，抓别的动物去。"它说："唉，我好不容易才追到这里，不吃你不行。"于是老虎开始爬树。你们老虎爬树真够笨的，矮一点的还行，高一点的就不行了。它爬上去又掉下来，爬上来又掉下去。最后，它只好坐在树下边，等我滑下去才吃掉我。

小孩　我说："老虎先生，你吃不了我的，我不会下来。"它说："等你饿死了掉下来，我再吃你。"我说："树上有好多果子，我还没吃完新的果子又长出来了，饿不死的，你还是回去吧，别把你自个儿饿坏了。"它不走，在树下徘徊。我又说："也许饿不死我却把你饿死了。"这话真正激怒了老虎。它张开血盆大口啃树干。它的嘴巴比你的还大，像洗澡盆那么大。

小孩　它坚持了三天三夜。我也在树上吃了三天三夜的果子。当然了，果核全都砸在它的脑袋上。谁叫它想吃我？它的牙齿给磨坏了，牙缝里满是木渣。它既恼又怒，趴在地上用爪子剔牙缝，跟我爷爷用牙签剔牙齿一个样。但是不管用，它嘴巴里的木渣太多了，木渣还吸干了它嘴里的水分。它很渴。我对它说："老虎先生，你到河边去，站在水里一边剔牙缝一边漱牙很快就好了。"它觉得这个主意不错，转身向河边走去。在树上就可以听到河水流淌的哗啦声。

小孩　它走出半里远又跑回来了，指着我骂："臭小子，你敢骗我，你想等我前脚离开你后脚就逃跑。"我说："不是，不是的，老虎先生，我不是还在吗？我等你回来把树干咬断把我吃了。"它说："一言为定？"我说："一言为定。"

老虎　你就跑了？

小孩　当然了，看见它一走我撒腿就跑了。

老虎垂头丧气地走回去坐到石头上，右手撑着下巴，过了好一会儿，站起来，刚才的威风全没了，像只纸老虎。老虎走到小孩面前，张张嘴，又闭上，绕着小孩转圈，一圈，两圈，三圈，停在小孩面前。

老虎 你说我有那么笨吗？

小孩 我也不知道。

掌声雷鸣般四起。

老虎 要是我不离开怎么办？

小孩 可事实上，你离开了。

老虎 哦，要是我回来你还没有跑呢？

小孩 我早跑啦，跑得远远的，要是你觉得还不服气的话，我没跑远好不好？

老虎 这样好，我饱餐一顿你的肉，又鲜又嫩。

小孩 呵呵，有两个我，一个还在树上，一个躲在树丛里。你一定以为我还在树上，一边啃树干一边说："小子，你等着吧，我这就吃了你。"

老虎 对，我一定以为你还在树上，因为我不知道你躲在树丛里。

小孩 我在树丛里回答你说："老虎先生，这回我死定了，求你吃我的时候轻一点，快一点，我可不想哭着死，电视里的英雄死的时候都不哭。"

老虎 好啊，你的肉香，我一定吃得很快，这个你不用担心。

小孩 谢谢您，你真是个大好人！

老虎 我是老虎。

小孩 树终于哗啦一声倒了下来，我就在树梢上。你一跃而起，扑过来捉住我就吃。

老虎 我知道你又想划破我的肚皮，我是缓缓踱步而去的，你划不着，我就吃了你。

小孩 不，树梢上的我没有动，背朝你，死死地抱着大树。你以为我给吓死了，扑了过去。知道吗？那只是我的衣服。你走后我用刀子砍断一些树枝，削得剑一样锋利，把衣服捆绑在上边，自己跑了。你扑在了树枝削成的剑上，它们刺穿了你的肚皮。

六

小孩转过身，发现老虎不见了。身后只有一片树林，树林又深又大，树林后边是更大的树林，那片树林后边是一片比它还大的树林。天空里不知什么时候有了几颗星星。星星真亮啊，一二三四，一二三四，只有四颗，分别挂在东南西北四个方向。哦，那里还有一颗，它挂在正中央。风变小了，变暖了，野虫开始啁啾。

小孩　老虎先生。

（没人回答）

小孩　老虎先生。

（没人回答）

小孩　（伸长脖子，双手捧嘴，吆喝似的）老——虎——先——生——

（没人回答）

（灯光白色）

（音乐无）

小孩给强烈的灯光刺着了眼睛，眼睛眯缝，用双手遮挡。

远处，一座大山，大山在灯光照射下分外明亮，看得见上边崎岖的小路，看得见不同植物带层层叠叠。一只大老虎，耷拉着尾巴，尾巴尖拖在地上，步伐沉重。老虎一直向山上走去，身影渐渐缩小。

（灯光昏暗下来）

（音乐淡淡的忧伤的，有点婉转就行了）

兔·生与死的问题

一

问：我们的白雪公主为什么讨厌狗？

答：我的家乡在川中丘陵地带，山多，不高，大多在海平面上四百到五百米，相对高度不到一百米。山主要分两种类型，以砂土为主的和以岩石为主的。

以砂土为主的山都被开发出来种了庄稼，春末夏初收割小麦种棉花、玉米、大豆，还种点红薯，山坡里播下南瓜籽儿，秋天收过棉花种小麦、油菜、豌豆。

而以岩石为主的山则略为不同，比前者多石，多崖，被开垦种植的土地也相对少一些，树木多，有针叶松、红松、棕榈树、桑树、马桑、桐树等等，其中柏树和苦檀树所占比重大。一年四季，青葱茂密，带着原始森林的葱郁气息。

我家所处的地区属于前一种，也就是说，农业耕作极其重要。土地划分下来后，大多数坡地都给人开垦出来播下豌豆，撒下小麦，或者种上别的农作物。只剩下很少的贫瘠得长不出庄稼的坡地生杂草。羊啊，牛啊都去了，摇着尾巴，吃的吃，啃的啃。

说到这里，我就要说养兔的事情了。

我一直很懒惰，属于那种衣来伸手、饭来张口的人。即使是今天我还吃我老娘煮的饭，懒得动手。要是她不在，我就不吃或者随便吃点什么哄哄肚皮。

我只在十一岁那年养过一次兔子，数目也不多，一共七只，还是用压岁钱和我妹妹合伙买的。所以，分摊下来，我只养过三只半兔子。即使按照它们的体重来算也不过我一条胳膊的重量：大约十四斤。正月初七从人家家里抱回来，正月初八我就开始了我的养兔生涯。

早晨起床的第一件事是碾碎十四颗开胃片、七颗维生素，把它俩和匀了，撒到搪瓷碗里嫩黄色的玉米面上，再用筷子搅拌（一只手往碗里倒生水，一只手捏筷子搅拌，和一般人家和面差不多）。和出来的面不要太干，也不能太湿，恰好和成豌豆粒般大小的颗粒就行了。兔子喜欢吃这个。

而兔子到了中午晚上的待遇则是青草。草都是上一天下午等露水干尽后从小麦地里豌豆地里打来的，主要是一些浆汁藤草。所以，后两顿它们看我的眼神和早晨明显不一样，早晨眼睛是清澈的，而中午有点浑浊，像小溪里扔进一颗石头。

不到一个月，我记得那时刚开学不久，它们都长成了大兔子，最重的有四斤多，轻一点的也有三斤七八两，最小的那只刚好三斤，秤杆还翘得不是很高。这时候出了点小事，也许以后我再没养过兔子也与下边的叙述有关。

长大后的兔子有点精力过剩，它们的儿童多动症发生在青年时期，也不知道是不是青春期的骚动。它们吃光它们的青草（不能随它们吃，要不然会拉肚子），就开始啃笼子。笼子是三指宽的竹条钉成的。不到几日，宽宽的竹条全变成了筷子。

到这个时候，兔子们停止了疯狂的进食活动，跳出笼子，真的很聪明。有的兔子跳到柴房里，在柴火之间打洞，洞一个接一个地被它们挖成，一个连一个，形成网络；有的跳进卧室，在床底下打洞，在墙脚跟上凿出一块块窟窿，幸运的是没有上我的床；剩下的是一帮懒家伙，它们跑到院坝里，倒在地上，露着毛茸茸的大肚皮，让阳春三月懒洋洋的阳光照在自己身上，不一会儿就睡着了。

狗也在那里晒太阳。杀手和猎物都有了，于是，发生了屠杀。起初，狗不知道兔子是好惹的，对兔子不停蠕动的三瓣嘴儿敬而远之。后来，它渐渐靠近兔子，伸出爪子摸它们的鼻子，玩它们的尾巴，触它们的耳朵。它们的耳朵怪好看的，长长的、薄薄的耳朵因为阳光照射的缘故变成略带红色的玩意儿，里边树丫状的血管清晰可见。再后来，狗就按住了兔子的腰。兔子尖叫起来，一些兔子逃回去，一些则遭了殃。

狗咬死了三只兔子。给我狠狠揍一顿后，狗不再咬它们，而是跳进笼子把兔子全赶出来，在屋子里玩猫捉老鼠的游戏。游戏过程中累死了两只，一只兔子因为跑不过狗，一头扎在墙上索性来了个自杀。后来仅剩的一只兔子因为孤独绝食而死。绝食的具体原因不大清楚。那是一笼衰竭和灭亡比兴旺还快的兔子。

二

问：为什么狡兔三窟，把自己的窝搞成迷宫似的？

答：为了安全呗。有一首叫作《打猎》的诗：

他们走在前边
手提电筒，身背猎枪
灯光在草坡或田野里
扫来扫去

在没有野兔子的时候

如果情况恰恰相反

一只野兔子蹲在草窝豆笼里

就是我

手捧电筒，直射兔眼

它蹲在那儿

直竖两只尖耳朵

看着灯光

不停地蠕动

三瓣小嘴儿

扭过头看着他们

举起枪来

尽管那首诗已经说明了很多问题。但是我还是禁不住想啰嗦两句。因为打猎曾经是一件令我兴奋不已的事情。你自己想想，夜深人静，广袤的天空底下没一点声音，只有大自然那种永久的必须屏息耸肩才能听到的声音，那声音很细很小。至今我还不知道它是不是所谓天籁，它的存在似乎和我们听到的一般声音无关。广袤的天空下，只有你们几个人醒着，像电视里的地下党，又似出没于各个角落的小偷，小心谨慎，生怕被兔子发现。一人提电筒一人背枪，另一人也背枪，猎狗一跳一跳跟在后边，磕磕绊绊行走在山野里，草簌簌发响。

兔子大多蹲在黄豆苗丛和草丛里，只要发现了它，立即用电筒直射它的眼睛。只要给强光照着了眼睛，兔子都不会逃跑。相反，它还把脑袋偏来偏去，仔细观看对面奇怪的发光体，嘴巴不断地蠕动着。砰的一声，变幻飞散的烟雾里，你看到兔子往后翻身一跃，嘭地掉在地上，翻着白肚皮不动弹了。

当然了，也有一枪打不死的家伙。给这么一惊吓，它翻身就逃。要是给吓晕了头，它就像没头的苍蝇，胡乱逃窜一气，最后被狗叼回来；要是它头脑冷静，受伤也不重的话，它会往山上跑，因为它后腿比前腿长，爬坡比狗略胜一筹。

打兔子的最好季节是收获了棉花挖完红薯还没收割大豆的时候。那时，秋之将尽冬之将至，兔子最肥。这和草枯羊肥是一个道理。另一个季节是春节前后，春天的雨已经降了下来，小麦长得正旺，太阳也好。所以，这时打兔子既可在晚上又可在白天。晚上打偷吃禾苗的，白天打在麦地里四仰八叉晒太阳的家伙。

东拉西扯这么多我们还没说到狡兔三窟上。兔子这么干最主要是为了防其他食肉类动物，比如狐狸、黄鼠狼等等，而不是人。当然了，必要的话，兔子也用它们来防猎狗和人，但是这种可能性不是很大。据说，兔子为了自己洞穴不被发现养成了跑到很远的地方去吃草的习惯。

三

问：为何狗处处跟兔子作对？

答：上周二晚上有一则关于兔妈妈喂小狗崽奶的新闻你可以看看。

龙·千变万化的隐者

一

龙原本就是虚幻的产物，可是一天夜里从梦里醒来后，它望着天上移动的云朵，想改变改变自己的形象，使自己性感而美丽。当然，这个想法是合乎情理的。好比我，头发长了我会找理发师把它弄短，头发短了我会把它留长。要是心情极佳，我头上的头发将越来越长，最后长成一头散发，像头棕熊，比行为艺术家还行为艺术家。不过，喜欢我的女孩子还是不多，尤其是那些花枝招展、腰臀分明、脖子细长的性感女郎。

但是，龙在改变形象的第一个步骤上就给难住了。谁都知道，要改变自己的样子，即使只改变自己的外表，也得首先知道自己现在是什么样子。你知道自己现在是披头，你才会将头剃成板寸；知道自己是光头，你才留长发；知道左眼是双眼皮而右眼不是，你才会割它一把；要是眉毛太平像杆称，你才在上边插柳叶儿嘛。

龙发现自己没有样子，长了几十岁了，它第一次发现自己没有样子。它给吓坏了，一扭身蹿进云霄，在云朵之间盘旋飞翔，愤怒地嚎叫。飞累了，气愤也消尽了，它才飞回来，盘绕在山崖随便一块巨大的灰白色圆形巨石上，大口大口喘气。等歇息好了，体力也恢复得差不多了，龙走上了寻找自己的具体样貌的漫长旅程。

二

龙下山后遇见的自己最常见的样子是有四只爪子，满身大块大块的鱼鳞，有一个奇怪的大头，两条长胡须，就是现在依然常见的龙的样式。

人们把它们发展成了石龙，刻在悬崖上、大河边乞求神灵保佑，祈求它们护佑过往的船只和两岸的良田。它看着自己的第一个形象，觉得自己既不能保护谁，又不能给人们带来半点福音，何况它根本没那么英俊，于是摇摇头便走了。

另一种样式是玩具，它一直这么认为，它很不满意人们的这种做法。人们扎起竹龙，它的背上插着刀刃般锋利的竹片，尾巴像一把鱼刺似的，整个造型张牙舞爪，看上去像一只羽毛给淋透了的乌鸦，举在头顶在节日夜里的集市上狂欢。不仅这样，人们还往竹龙的鼻孔里插了烟花管子，跑一小段它就喷出一股火，跑一小段喷一股火。它站在人群里想冲上去阻止他们愚蠢的行为，鼻孔里却痒痒得厉害，尤其是竹龙喷火的那一刹那。这种龙，长的长，短的短，长的要好几十个人才能舞动，短的只有烤乳猪那么大，只需一个人就能舞来舞去，上天入地，叫它头晕。后边还有布龙、纸龙，那个夜晚简直就是龙的聚会。

白天里它还见到了天上飞翔的龙，那只龙给画在了风筝背上，说他们把龙做成了风筝更好，在湛蓝的天空里，随微风飘荡。这个嘛，给它一个比喻也很简单，像只大蜈蚣，摇摇晃晃。

再一种龙匍匐在屋脊上，和前面的石龙、玩具龙相差不多，只是很小，相对于前两者它是小动物。它蹲在那里，仰着头，无可奈何地面对风吹雨打，日晒雨淋，送走了春天又拥抱夏天。人们要它祈求雨水。雨水是来了，风来了，太阳来了，还有烟尘，烟尘也来了，四个混蛋在它身上翩跹起舞，搞得它面灰耳黑，身上找不着半点干净之处，耳孔里、嘴巴里，象征性的鼻孔里也灌满了黑色。经雨水一淋太阳一晒，那些黑色变干变成硬巴巴的壳，苔藓一样翘起来，用手轻轻一抹它们就簌簌掉落直至殆尽。抹干净那座屋顶上的小龙，使小龙恢复原色后，龙化成一股烟雾飞进云霄，混在云群里向地上最大的龙宫飞去。

皇宫里的龙更是多得不得了，就拿皇帝的龙椅来说，那上边的龙就有好几种，扶手上有，垫子下有，靠背上也有。皇帝坐在上边不住地放屁，他的屁股干瘪，可是放出的屁却一个比一个肥，有的屁还一个套一个像今天奥迪车的标志接踵而来，击打在龙的鼻子上。龙捏着鼻子，飞上去，盘旋在皇帝的头顶，掀掉他的帽子（他的头还算干净，秃顶，耳朵两侧才有稀疏的头发），狠狠地给了他一个耳巴子又一个耳巴子。然而，龙只看见帽子掉在地上，皇帝弯下身把帽子捡起来，拍了拍，吹吹上边的灰又盖在脑壳上。皇帝的脸并没受到丝毫的攻击。龙这回更加愤怒，蜷身撞在大殿上方的金匾上，头上撞出一块大疙瘩，逃了出来。

在皇帝的后花园里，它看到了更多的龙的形象，有当喷泉的，有当扶手的，有当指路标的，有当红绿灯的，灯是龙的眼睛，这条龙由于工作的需要出其不意地长了三只眼，还有当茶几的，当石凳的。各大建筑的地基上也有无数龙，它们成了下水道、排水孔，嘴巴一刻也不能闭上，没完没了地呕吐。尽管它们的责任是排水以免地基沉陷导致建筑垮塌，但是龙可不是傻瓜，宫里人的洗脚水、洗脸水，可能还有大粪，皇帝皇妃丫鬟们的太监们的都有，要是只是皇妃皇后们的洗脚洗脸水那都还不错，毕竟里边充满了脂粉的味道。

从皇宫里逃出来，它还看见了另一个不伦不类的家伙。那家伙也打着龙的旗号跑到土地庙这样的小地方骗吃骗喝，必要的时候还对过往的人进行抢砸。懂行的人叫它麒麟，不懂行的人为了简便索性把那东西叫作龙。据说它是龙和什么什么动物杂交出来的。一些扑克牌上就用麒麟做老王，一些用小丑。

还有很多很多见闻可以说，由于篇幅和时间的缘故我们不能把龙的见闻一一述说，它也生气于别人知道它更多的丑闻。总之，龙去了河北、河南、天南、地北，还去过大漠最深处，问到的答案达一百八十种之多。要是它继续问下去，它样貌的种数还会直线上升，跟牛着的股票一样。

大概在秦岭深处，它还发现了白龙江，人们把一条江当一条龙是令它满意的。龙最后还是找到了自己真正的形象。白龙江边一个老人给了它一面镜子，对它说："回去对着镜子照照，你就知道你究竟长什么样子了。"

三

龙回到山上，盘坐在石头上用镜子照自己，清澈如水的镜子里边空荡荡的，只有蓝天白云，白云有厚有薄，有的呈丝网状，有的像它肚皮底下的大石头。它从没见过也没照过镜子，所以特别好奇也十分兴奋。它把镜子翻来覆去地看，从不同角度反射阳光。阳光刺眼明亮，它赶紧闭上眼睛，眼前飞舞着无数紫的、蓝的、红的、白的、黄的光圈。它觉得这个最好看，睁开眼睛把阳光反射进眼睛里，眼睛又一阵花，光圈胡乱飞舞。

看来看去，在镜子里看到了无数新鲜玩意，可是龙怎么看也看不到自己，里边全是自己之外的玩意，什么蓝天啊、白云啊、青山啊、绿水啊。它也看见了猴子，猴子还是猴子的模样，就是变小了点。兔子也是兔子的样儿，甚至它的眼睛经过镜子一照更加像宝石红了。

龙以为看不见自己是因为自己太大了的缘故。所以，它把镜子贴到对面大山的山崖上，高高兴兴地飞回来，蜷着尾巴，尾巴支撑身体立在那里，双手叉腰，歪着脑袋等待奇迹的出现。镜子里的猴子和现实里的猴子一样，兔子也是。龙想自己也和现实里的自己差不多，至于现实里自己是什么样子就只有镜子知道了。我们早说过龙长这么大还从没见过自己的样子，生活中又没有它的同类。

龙仔细往镜子里瞧，它看见了背后的山，山上茂密的树丛，树上鲜艳的果子。它还看到了脚下的石头，可是里边还是没有它自己，除了那些自然景物还是自然景物。它伤透了心，继续往镜子里看。一只飞鸟，从右边飞进来，不慌不忙地拍着翅膀，翅膀忽上忽下，渐渐地飞过清澈的镜子中央，从左边飞了出去，只留下一声尖利的啁啾声。龙愤怒极了，甩手把镜子砸在地上，扭头直蹿进云霄。

龙只要一愤怒就变化不停。它一会儿变成朵朵白云浮于山顶，一会儿变成一大群飞鸟飞过天空，也变成一只果子蹲在树丛里，变成一团空气侵入大山的所有角落，变成缥缈的烟雾缭绕山腰。它在高空里狂乱放肆，不断变化的同时，也怀着侥幸心理往下看希望发现自己的形象。

镜子里白云移动，白云变成鸽子，鸽子扇动翅膀变成了乌鸦，乌鸦变成了兔子，兔子变成了一个在云朵上面的村庄，村庄四周长满了树木，树木都很模糊，有几个形似狗的动物在树木之间奔跑跳跃。

龙转身一变，用宽大的袖子遮挡了自己的颜容。镜子里什么都没有了，只有一片阴暗的天空，天空里没有飞鸟，没有白云，没有乳汁色浓烈的雾气。龙终于发现了自己的样子，哈哈大笑起来。大笑使龙变成一只甲壳虫，倏地坠落下来。

一只六足甲壳虫在镜面上艰难爬行。镜面光滑无比，斜靠在石头长出的苔藓上，角度大约为十五度。甲壳虫一边爬一边好奇地往镜子里看，镜子里天空很蓝。那只甲壳虫在里边往上爬两步，又滑回去两步，它在明亮的镜面上爬行着，从没爬出过那块镜子，千年万年都是这样。

蛇·无处可逃的逃亡

一

蛇睡觉的地方阴冷潮湿，可是它也没有办法，要是可以住在干燥的空气新鲜阳光明媚的地方，它早去了。然而，无数年来它一直在躲避龙的追逐，往最偏僻、最阴冷、最叫人恐惧，连探子也不愿前往的地方逃。数万年的逃亡使它知道只有一个地方是适合它的——也许这就是老天爷对它的惩罚吧——那就是墓穴。

又一阵阴气袭来，蛇艰难地翻了个身，腰酸痛得厉害。这跟病或伤都无关，既不是风湿也不是扭伤，而是给连连噩梦折磨的。噩梦一来，它的大脑里就纷飞着各种各样的幻象，幻象密集如沙，无法化解。奇形怪状的龙不是在里边挥舞刀剑，就是敲响惊堂木，开始对它进行一次又一次审判后的又一次审判。它竭力睁开眼睛，逃避幻象。

为了顺利完成逃亡，保全自己的性命，蛇当过小工，看铺子、擦玻璃、挑水、倒夜壶。它也干过打柴的活，到大山深处砍下一捆一捆树枝，晾在太阳底下，等干了再挑下山。有时一去就是几个月，在山上吃山上住，睡在冰冷的溪水边，喝它的吃它的。还做过什么？等我想想。它还做过江湖郎中，扯路边的草晒干，染色后拿到集市上大肆宣扬它的奇效。随便怎么说都行，反正它又不想创办自己的草药公司，扩大规模打造百年老店，不必讲究诚信，只为骗走那些傻瓜兜里的钱做继续逃亡的盘缠。

蛇也做过路边大盗，提一把菜刀躲在阴暗的角落里，看见有人走过来，便一跃而出，将刀刃架到对方脖子上，问：“要钱还是要命？”

要命不要钱。好，搜刮了人家身上的财物走人。

要钱不要命。“大哥，求求你行行好吧，大家出来都为了混口饭，你就给两个子儿吧，就当给了你儿子孙子压岁钱。你不给不是逼我闹出人命来吗？”

要钱又要命。“哈哈哈哈，真是同道中人，那这地儿让给你，我去别的地方。”

蛇还做过乞丐，吃过小孩嘴里漏出来的残食，吃过老大娘的施舍，还有和尚给予的热腾腾的稀饭，永记于心。

二

蛇又翻了一个身，头皮紧绷绷的，脑子快要炸裂似的。蛇用手掐了掐脑袋，有一点感觉。

蛇对身后的人说：“唉，你说我是睡着的吗？”

那人翻了个身，背朝蛇，撅着的屁股顶在蛇的屁股上，继续睡着。

蛇又问：“你说我是睡着的吗？”

“睡觉，别吵，我怎么知道你是睡着的还是醒的？”

“我觉得我醒着。”

“那你就醒着。”

“可我还觉得我是睡着的。”

“那你在说梦话。”

“还有……”

“还有什么啊？老是咕哝，你来了后我就没睡过一个好觉。”

“真是对不起，可我还是想说，我觉得我既不是醒着的又不是睡着的。”

“那是什么？”

“我也不知道。”

“那我也没办法，你醒你的你睡你的，别打扰我就行了，我要睡了。”

“哈，傻瓜，你还真有聪明的时候啊，你怎么知道我半睡半醒就是有一半的脑子清醒着一半的脑子在睡大觉呢？”

“我什么都不知道，要说找它说去。”

“谁啊？”

“那条腿。”

“哦。它因为一直找不到自己的上半身老是唠叨个不停。”

蛇嘟起嘴，翻了个身，转过去，面向那条腿。蛇的小腹正好顶住对方的屁股。

那条腿赶忙转过身来，伸手抵住蛇的胸膛，使它们之间保持相当的距离，恶狠狠地说：“小心点，你敢乱来我割掉你的舌头。”

蛇摇手欲替自己争辩，刚摇手又觉得争辩毫无意义，也许对方也正半睡半醒说着梦话。于是，蛇没替自己争辩，转过身看了看那条干巴巴的腿，上边没一点血色，连肉丝甚至灰黑色的皮都没剩一点，只是一条干枯的灰白色骨头。

蛇说：“你比我还可怜。”

腿歪过头看着蛇：“看什么看，有什么好可怜的。”

“我不是这个意思。”

“那是什么？”

“我是说我们都很可怜。”

"你想可怜就可怜去吧，别把我们都扯上。"

"对不起。"

"要不是这里是公共墓室，我早把你赶出去了。"

"我又说错话了。"

"知道就好，闭上你的狗嘴，少说话多做事。"

为此，蛇只好又一次转身，它的小腹差点顶住第一个人的屁股，这是当晚的第二次。

蛇弓着背，往后轻轻退缩。如此下去会碰着那只腿。它扭头看了看腿。腿正瞪大眼盯着它，它只好往边里靠。它爬到边上，蜷在那里想把自己从似睡非睡中拉出来，要么彻底清醒要么沉沉睡去。

三

人们都说它背叛龙，或许它以前也是龙，但是它什么都不记得了，奔上了无休止的逃亡历程。龙从没发现过它。以前，它一直认为龙是个大笨蛋，何况自己干得相当不错——挑别人瞧都不瞧一眼的路走，头戴一顶帽檐遮挡了眼睛的帽子，生人熟人都不会认出它。它翻了个身，捶捶腰。

"小声点，这可不是你一个人的地方。"

蛇停止按摩，仰着脑袋。墓穴顶上有一些图案，图案已经风化了，看不大清楚，但是从它们模糊的印记来看，是一些花卉。也许这是一个女人的墓穴，相当有身世的女人的安居点。那些人也不知道墓穴的主人是谁。盗墓贼干掉了它精致的壁垒后，它们就赶了进来占据这里。看着看着，幻象钻进它的脑袋。一团烟雾飘过来，盘踞在它头顶，龙突然从烟雾里冒出来，高举斧头。蛇猛地睁开眼睛，转动眼珠观察四周，四周一片漆黑什么都看不见。

蛇睁着眼睛一直待到那些人都睡醒了。首先醒来的是那颗骷髅头，之后是那条老是凶巴巴的腿，其后再是别的。它们纷纷立起来，像成群的鬼魂在农历七月鬼节鬼门开时钻出土壤立在大地上。

骷髅伸了伸懒腰，指着自己的眼睛说："这里痒痒得厉害，替我挠挠。"

蛇没有回答。

骷髅走到蛇面前，使劲拍它的肩膀。

蛇依然没理它，看上去更像睡着了。

骷髅把嘴伏到蛇的耳边大声喊叫道："喂。"

蛇还没动静。

骷髅又喊了："喂，该死的，天亮啦。"

"嗯，你说什么？"

"天亮啦，懒猪。"

蛇终于醒了过来，甩拨浪鼓似的摇摆脑袋，甩掉残剩在脑袋里的最后一点睡眠，说："我怎么会睡着了呢？我刚才还是醒着的啊。"

"我怎么知道？"

"你是不是拍了拍我的肩膀？"

"是啊。"

"是不是还把嘴放到我的耳朵上？"

"是啊。"

"是不是我伏在你的耳边轻轻地叫：喂，懒猪，天亮啦？"

"不对不对，看来你还真有点神经错乱了啊，是我伏在你耳朵上对你喊叫：喂，懒猪，天亮啦。"

骷髅又说，"不说这了，我们是不是好朋友？"

"是啊。"

“那我有麻烦你帮不帮啊？”

“帮啊。”

“我眼睛痒痒。”

“这个我可不帮你，用自己的手好了。”

“我没手。”

“地上那么多手不是你的？”

一阵哄笑哗然而起。

“嘘。”骷髅头说，“小声点，我们的谈话不能被别人听见了。我没有手，这里堆成山的手都不是我的，我的手不知道给人甩到哪里去了，我找了三百六十五年共十三万三千三百一十六天还没找到。我怀疑它早已不存在，要是还在的话我一定找到它。可能是野狗干的要不就是狼，只有它们对我的肢体才感兴趣。上次一只小黄蚂蚁在我眼眶里爬我也没办法，我不怕痛就怕痒痒。我求遍了所有邻居求它们帮帮忙，它们都不答应，最后我还是一头撞在墙上才把它抖了出来。你看我的眉骨上方还有一块疤痕呢。”

蛇扑上去看了看，那里果然有一块疤，不是特别大也不算小，足有两指宽。

蛇说：“你躺下，我帮你挠挠。”

骷髅躺倒地上。蛇匍匐下去，扑在地上，从骷髅的口腔里钻进去，从它左鼻孔里钻出来，一扭头绕过去钻进右鼻孔往里爬，鼻孔外的蛇慢慢变短，细小的尾巴往里溜，之后尾巴尖全钻进去不见了。一会儿后，蛇从骷髅的左眼眶里探出小脑袋。

骷髅说：“变大点，你太小了挠得不过瘾，变大点又紧又过瘾尽管弄得有点痛却很舒服。”

蛇顽皮地眨眨眼，呼呼地往里吸气，身体像气球一样慢慢膨胀。

四

以前蛇以为龙一直找不到它。听说龙得到了一块神奇的镜子，它在里边找到了自己的样子，也就是说龙发现世间万物都是它的化身，它既是白云又是蓝天，既是大海又是大海里的鱼虾礁石。最可怕的是，它既是一条龙又不是我们看见的，它无所不在。它是空气，是雨水，是风，是风声，是风里滚滚的黄沙细微的尘埃，是阳光，还是你的思维——当你一思考它，它就出现在你的面前，你却看不见它，不知道它正看着你，也许它还正为你的无知愚蠢暗自窃笑。

蛇把双手搁在它的眼角上，头趴在手上边，眼睛一眨一眨，翻着白眼。有人推门，门开了，暗淡的光线立即投进来，落在地上。那人向模糊的昏黄色的菱形光斑走去，光束落在那人身上。那人走出尘埃飞舞的光束，光线又立即投在地上走出光斑向它走来。蛇想睁自己的眼睛，使劲睁却睁不开。冥冥中蛇觉得那人就是龙，它拔腿便逃。它听到了龙雷鸣般的声音，回声一股股波动荡漾。蛇脑子里阵阵眩晕，天旋地转，像掉进了无底深渊一直往下掉却永远在下坠的过程中，还有自己的喊叫声，也回荡在里边。

骷髅说：“你睡着了？”

“没有啊。”

“那你刚才在做什么？”

“我刚做了个梦。”

“梦见什么了？”

“我忘了，好像有一口井。”

“什么？”

“一口井，我落到了里边。”

“哦，还是给我挠痒痒吧。”

蛇点了点头，继续膨胀自己的身体，问骷髅：“感觉怎么样？”

“真舒服。”

“还要大点吗？”

“对，再大点，我叫你停你就停。”

蛇继续吸气，身体缓缓膨胀渐渐地比骷髅的眼眶还大。眼眶系住它的腰使那里比别的地方小一圈，像女人的腰细于别的地方，非常性感。蛇听到一声软绵绵的呻吟。

骷髅说：“这边，还有这边。”

蛇按照骷髅的要求，仰起头，深吸一口，一头扎进它右眼眶里膨胀，骷髅发出此起彼伏的呻吟。

蛇说：“我们是不是哥们？”

“怎么不是，你对我这么好，哎，再用点劲，再用点劲就更好啦。”

蛇吸完一口气，又问：“那我有麻烦你帮忙不？”

“帮啊。哎，还有我的肩胛骨，那里也痒痒得厉害。”

蛇从骷髅的后脑勺钻出去探着头找了一阵子没找到它有什么肩胛骨，它仅有一块脑壳而已。

蛇说：“你哪有什么肩胛骨？”

“哦，我忘了，我是没肩胛骨，那挠挠我的耳朵。”

蛇绕过去，从骷髅的耳洞里钻进去，马上又从那一边钻出来，问：“舒服不？”

“舒服，来，再来一次。”

蛇又钻了进去，在骷髅的脑腔里没出来，我们只看见一个骷髅头在那里，骷髅里边发出声音，瓮声瓮气地说：“我感觉龙一直在追杀我。”

“它追杀你干吗？”

“我也不知道，总之我觉得它一直在追杀我，其实我也不敢保证它是不是真的在追杀我。”

“那你说它在追杀你没有？”

“我也不知道。”

“呵，再重一点，真舒服，好多年没这么舒服过。”骷髅停顿了一下，继续对蛇说，“那你说它在追杀你就在追杀你，你说它没有就没有。”

“我觉得它一直在找我，我敢打赌，一定是这样，要不然我也不会跑到这鬼地方来。”

“要不然你也不认得骷髅。”

“那当然。”

“那现在你没事儿了。”

“我也这样认为。”蛇说，“可是最近听人说龙不是我以前想象的样子。”

“什么样子？”

“就是壁画里的那个傻瓜啊！”

“哦，我知道了，我家里以前也贴过。”

“但是现在它不是那样的。”

“那会是什么？”

“什么都不是。”

“停下来，你出来好了，这个很有意思，你出来咱们好好谈。”骷髅惊讶地说。

蛇从骷髅的耳朵里溜出来，掉在地上，摔了个痛，弹几下。

“你是不是感冒了？”骷髅盯着蛇问，同时伸手摸摸它的额头，温度还算正常，“你每晚做梦说梦话白天也这么干。”

“没有，我清醒着呢。”

“为什么？”

“它们说龙什么都不是，所以说龙什么都是，没准它就在外边偷听我们的谈话，它可以是空气，可以是风还可以是风声，总之，世间有什么它就可以是什么，世间没什么它也有可能是什么。”

“这很玄。”骷髅插嘴说。

“这对你们倒是没什么，可对我就不一样了。”蛇说。

骷髅吐吐舌头表示惊讶。

五

蛇在那里盘了三层，脑袋搁在最上边，仰着，嘴里咻咻吐气，幽怨地呼吸。骷髅没叫它，看着它可怜的样子，蹲下去，撅起屁股双手托腮做略有所思状。

蛇正在睡觉，被子盖住了它的下巴，侧睡。梦里蛇听见有人喊它，蛇说：“我还没睡够呢，别嚷嚷。”

那人掀开它的被子，风拍打在背脊上冰凉冰凉的，它还感到一只又宽又细的粗糙的舌头在舔它，滋溜溜响，是那种心满意足获得意外收获的响声。蛇反手推开舌头，舌头又贴到它脸上，开始又一轮的舔舐。蛇伸手再推，手给什么挡住了，不是舌头，也不是别的，是手，一只手挡住蛇的手并握住了它。同时那只手开始变化，巨大的爪子掐进蛇的手心。

蛇猛然醒来，翻身坐在枕头上。龙巨大的身影遮挡了灯光，蛇坐在阴影里。蛇抓过台灯向龙砸去。龙很轻易地就接住了台灯，捏了个粉碎，将巨大的爪子伸向蛇。蛇尖利地叫起来。

骷髅拍打蛇的肩膀说：“怎么了？又做噩梦了？”

蛇艰难地睁开双眼，说：“又做噩梦了。”

“是不是很害怕？”

“是的，一下子将你吓得从天上掉下来。”

“那你想不想哭？给噩梦吓坏了我就大哭一场，那样心情会好一些。”

蛇说：“可是我哭不出来，并且我也应该装得勇敢一些。这样好了，也许龙马上就要钻进来捉我走了，我再给你挠一次痒痒。给你挠痒痒的过程我也感觉很舒服，伸懒腰那么舒服。”

“那好吧，谁叫我们是哥们儿呢。”骷髅躺到地上，脸带期望闭上眼睛。

蛇一溜烟就钻了进去。从它的鼻孔里钻进去，从它的耳孔里钻出上半截身体，在它耳洞的骨头上反复磨自己的酸腰，伸懒腰打哈欠吸气膨胀自己。

“要是我不是蛇，相貌不是不伦不类而激怒龙，即使是一只鸡我也不必逃亡了。要是我也能无限膨胀，我也不必怕龙，它将看不见我，我和它一样什么都是什么也不是。是风是雨是声音是耳鸣是沙土是树是光线是暗物质，不是我。”

蛇开始膨胀自己的身体，它仰着头看见自己呼呼膨胀，像正在充气的干瘪的自行车轮胎。它越来越大越来越高，像一头大象，像一座大山，头顶住云层。蛇刺破云层钻进去，自己也变成一团云。

蛇看见自己越来越大，无限大下去密度逐渐变小，比高空的空气密度还小。最后，它感觉到了极限，那种气球紧绷到极点的极限，再往里灌一口气就将听见：嘭嘭。

蛇坠落回来，掉在地上，清醒过来，赶忙睁开眼睛，它看见了如下景象：骷髅头给炸成了纷纷碎片，无数烟花一齐升空般一齐坠落般飞溅上去坠落下来，缤纷灿烂。

马·棋盘上的不速之客

一

我们骑着马
从西向东逃窜，天下着毛毛细雨
路面很滑。隆隆的炮声
从远处隐约传来，听不大清楚
大概已经逃出危险区
敌人很难再追上我们
于是，我们一行三人
翻身下马，牵着马鼻子
来到河边歇息一会儿
洗脸，捧口水喝，或说几句笑话

——摘自《弗兰德公路》

二

马以前的雇主都是一等一的英雄，打仗从来都勇往直前，把敌人搞得服服帖帖、束手称臣。雇主的良好表现使它美名远扬，找它的人越来越多，包里的钞票也大大增加，除此之外还可以摆脱消协、质监局、社会舆论、花边新闻记者的纠缠，不跟律师、法院打交道。而它没想到它的最后一桩买卖却给这小子砸了。

看那小子尖脸猴腮也不是什么好货，刚冲到敌人面前，左臂就被砍了一刀，鲜血稀里哗啦流下来砸在马耳朵上。马问："兄弟怎么搞的，刚上来就阳痿？"骑士没回答它，用刀背拍打马肚皮，扯马缰把它往回掉。马最讨厌懦夫，何况对面敌人胯下那匹马已经对它喷出蔑视的鼻息，于是它没有掉头逃跑，而是停在原地踏着步，打着喷嚏说："勇往直前打八折，往后逃门儿都没有。"打了败仗消协会找它的麻烦。

骑士还是疯狂地抖动马缰，刀拍得也愈加力重。马还是没跑。又一个敌人冲上来，对准骑士额心一刀劈下来。谢天谢地，这回比上次好，骑士至少双手举刀顶住了劈头砍来的刀刃，顶住了死亡。骑士顶住敌刀扭头对它说："兄弟，拜托了，就逃这一回，我不是懦夫，只怪它们实在是太强大。"马说："遇见强敌要加价，帮你逃一场要加价，这一场仗打下来你得付我三倍的工钱。"骑士说："一言为定。"

所有的话都摆到了眼前，马没理由不逃。它反手抓牢骑士的双脚，一甩头化成一阵风呼啸着逃窜出来，落在不远处那座矮趴趴的山冈上，还看得见后边敌人高举的马刀。它问骑士："我的速度怎样？给了钱再做下一步打算，我也才会执行下一步指令。"

骑士掏光腰包付了账，眼巴巴地看着马。马把钞票夹在右手两指之间，左手食指在嘴唇上抹一下点一阵钞票说："看什么看。"数完钱，又在胸脯上整了整钞票使钞票整齐而漂亮，揣进屁股上的裤兜里，幸灾乐祸地说："老子不干了，就算老子今天粘上了一坨狗屎，还是你这种恶心的干巴巴的狗屎。"说完，它把骑士扔到地上恶作剧般吆喝着一蹦一跳独自逃跑了。

三

刚从硝烟弥漫、炮火连天的象棋棋盘里逃出来，还不知道老帅是死是活，马就掉进了围棋棋盘。大大小小的兵多如蚂蚁，黑压压一片白压压一片立即围上来，用长矛对着马把它包围起来。供马活动的空间平面只有簸箕般大小，它手持大刀不知所措，大刀上边的金丝哗哗直响。

在象棋棋盘里马也遇见过周围围满了人，蹩着了它的马腿让它跳不过去，还没遇见过今天这样黑压压白压压一片的情况。那次它哈哈大笑腾空而起，落到象心上挡住了绿象的去路，使对方的老帅少了一道胸膛给红方的炮照着。谁知绿方的马呀、士呀、炮呀都围了上来，占据各个路口，尤其是它的出路，但是同时这些个当路鬼既不能吃它半点肉又不敢挪动半步，否则它们老帅的脑袋会马上被咔嚓掉。双方就这样僵持不下，熬到天黑尽言和各自收兵明天再战。

马向前走动两步，它前面的黑子后退两步，而身后的白子上前两步。所以，不论它如何走动也只有簸箕那么大一块的活动平面。它们只要上前一步，将矛头刺过来它就只有拜拜完蛋，变成一堆肉泥曝尸荒野，绝对没有第二种可能。它不断走动就是想给自己制造第二种可能，哪怕出现的概率几乎为零。

马往后退两步，转身面对白子怒目而视，露出一副不可欺凌的神情，说：“知道吗？我跟你们大王很有交情，几年前我还是派往贵国的外交大臣。还有，你们这些傻瓜，我是象棋。你们看看，看我的胸膛看我的兵器看我的雄姿，我哪是你们的敌人？你们的敌人是我背后的黑子。”

没一个白子理马，看妖怪似的盯着它随它的走动而移动，但是始终把矛头对准马的胸膛。

马转过身，面对黑子说："你们听见我刚才在说什么吗？我说，你们放下自己的仗不打来对付我这个第三者，在我的印象里第三者从没这样遭人讨厌过。"

黑子和白子一样面无表情，手指动个不停握牢矛柄准备随时攻击这个陌生人。

马说："知道吗？你们大王来我们那里时还是我驮着它游山玩水，去东边去西边去妓院逛青楼上酒市。我先告诉你们，谁扎伤了我都没好下场，不信回去问问你们大王就知道了。"

无数支矛头刺了过来，马一跃而起，站在众矛尖之上，指着下边的黑子白子说："叫你们大王来见我，就跟它说象棋国的红马作为和平大使拜访你们两国大王来了。啊，我将给你们带来和平，我的老天爷，我将给你们带来安宁与繁荣。"

矛头刷啦啦一片收回去，马猛然间掉到地上，摔了个狗啃泥。它发现刚才的黑子白子全不见了，是另一群杂色子围着，除黑白两色之外的所有颜色都有。它们把矛尖顶在马的胸膛上哈哈大笑道："这下你还认识我们的大王吗？"

马一脸茫然地望着它们，一个、两个、三个、四个，更多更多。

四

下边仍用西蒙卓越的《弗兰德公路》里的句子结尾。

> 虽然长久没下雨——这马或曾经是马的东西几乎全部覆盖着一片淡灰褐色的稀泥——好像是在一碗牛奶咖啡里泡过后拎了出

来——这个马骸似乎已经被土地吸收了一半，好像大地悄悄地开始重新占有原本来自它的东西，只是由于得到它的同意，它的居间作用（这是说大地生产的喂养马的草料和燕麦）得以存在。这样的东西必然要回到泥土中去，重新解体。大地分泌出的这种稀泥把它覆盖、包裹（像那些蛇，在吞食消化被猎到的动物之前，先以分泌的黏液和胃液涂上），这已经像一个印章，一个明显的标记证明其归属，然后慢慢地最终把它吞入内部，大概同时还发出一种像吮吸的声音。（虽然马骸似乎一直是在这个地方，像变成化石的动物或植物返回矿物界中去。它的两只前脚屈起，姿势像腹中的婴儿跪着做祷告的样子，如螳螂的前肢似的。它的颈子僵直，发硬的头部向后仰着，下颚张开，露出上颚紫色的斑点。）马死了没多久——也许是在最近敌机经过的时候？——因为血迹犹新。一大块鲜红的凝血，像油漆那样发亮，摊开在泥土的外层和黏结的马毛上面，或者更确切地说，在这些东西之外。似乎血不是出自一只动物，一只被屠杀的牲畜，而是出自人在大地的黏土肋部所造成的亵渎神圣、无法补赎的伤口（像传说中的水或酒，经魔鬼一敲就从石头或者山岳中喷冒出来）。

招聘启事

招聘成员一名，性别不限，年龄不限，所属科、目、纲不限（这个顺序不以生物学的划分为准绳）。

招聘原因（本招聘有不符合传统招聘启事之处请多见谅）：生肖树（分为十二层，上六层在地上，代表白天，下六层在地下，是为夜晚）上十二个人已经够用，十二年一个大轮回，十二个月一个小轮回。（请把十二位放到一个人的身体里去解读）但我们还有十三个月的情况，这个月里我们也需要一个家伙，在闰月到来那一年里你有月份的地位，但是在年中你却永远没有地位。

有意者请与我联系。尽管你对我们无多大益处，但是缺了你实在不行，只有你的加入才能使我们完整，使我们真实。你是我们不可或缺的一部分，你是我们的盲肠，你是我们的犹大！

TWO

梦回环

夜歌

一

河对岸的人又开始歌唱了。传说他们从山那边来，越过山脊，羊群或流水般流下来，停在半山腰的石嘴上，重重叠叠摆好架势，唱了起来。他们的歌声是无与伦比的，他们几乎是天底下歌声最美的人。他们一唱就是数万年，为了我的小姨他们夜夜歌唱。也许，他们是一股势力，也有可能是两股三股四股乃至更多。

不过我们并不担心这个，他们人多势力大并不是最可怕的，最可怕的是他们凄美忧伤的歌声。他们人越多忧伤越深，歌声就越能打动人。我们这里已经有不知多少少女被他们深深感动，逃离故乡，以飞翔或绕山道的方式，向对岸飞奔而去。

但是，老天爷是多么的可怕，无数年来，还没有一个少女能真正扑进自己心爱男人的怀里。她们不是飞到两山之间的天堑上发出绝望的惨叫，叫声震动山川河流，掉下去扑通一声坠进江面溅起点点水花，就是绕道时一脚踩空滑到路外边顺着山坡滑掉了自己的性命，或者掉下山崖不见了踪影。

我小姨是唯一不为他们的歌声真正心动的少女。她每日盘坐在自己应坐的位置上，闭目静神，妖美安详，脸上的肌肤散溢出闪烁不定的光泽，散溢出清冽宜人的香气。有时候，她也被他们的歌声搅得心神不宁，不断挪动自己的臀部。她左挪右挪一阵，待心绪宁和后继续盘坐不动，抬头面对对面的石嘴，面对前来勾引她的男人们幽幽呼吸。

白天，小姨是绝对美丽的，要不然，天底下的男人们也不会都赶死般赶到这里，白日做石，黑日歌唱，且不厌倦自己的选择和无限往复循环的昼夜间的变化。他们以无法想象的毅力坚持着自己虚幻的理想，听过了远长于历史的风声雨声。然而他们却不知道，夜里我小姨也在变化。

他们白天里是踞守江岸的石头，夜里是勾人魂魄的歌神。我小姨的变化恰好与他们相反，白天里有着光泽般的美丽，夜里却是平常的部落女人。她的悲哀正在于此，我们只看到她绝世的美艳，却没看到她的另一面形象。何况，作为坚守江水阻止洪魔抬头的女人，她无法逃避自己的责任。

老天安排的你不能违背，老天爷给你的，无论相貌、性格、变化，还是性命长短、归宿以及归宿方式，你都不能拒绝，不能反抗。我们所有人都相信老天这样安排自有他的道理，你按照命运的路线走下去，自然也能找到你命运的结局，更重要的是，我们知道了我们原始的不经修改的生命过程。

正是她相貌的另一面阻止了小姨去爱，她坐在高山上，听着风，闻着江水，一年又一年，随昼夜交替更换着自己的颜容。

他们的歌声起初是一小股，之后逐渐加大，逐渐增多，慢慢地还有了和声和叠音。随时间流逝、黑夜加深，和声叠音的效果渐入佳境，开始叫人兴奋、振奋，开始令人忍不住想放开喉咙跟他们唱。

黑夜越黑，他们的寂寞越深，孤独越深，以至于引来了绝望。绝望像烟雾一样在他们头顶飘来飞去，若隐若现，随之寒冷也来了。他们开始哆嗦，流鼻涕，毛孔扩张散发出浓烈的麝香味儿，被江风带到河对岸，同时，江风也带来了他们经年久月不洗澡的汗臭。

两种气味交和一起制造出另一效果，他们的歌唱到达了高潮——他们开始放纵哭号。我们这里的人一个接一个地走出帐篷，或坐或卧或斜靠于树干跟着他们哭，只是声音比他们的小了许多，比他们压抑许多，哭得断断续续，甚至似哭非哭，不住抬手用衣袖抹自己眼角的泪水。一旦哭起来，江水两岸的人都无法停止自己的哭号。

到最后，哭累了，发声就从嘴巴转移到小腹上，尤其是河对岸的人，他们的喉咙沙哑了，喉咙里渗出了血，他们就让小腹发出一种近似耳鸣的带着埙的苍凉的声音，代替自己的歌唱继续撒播他们的痛苦。埙一样的声音飘扬在空中，天就要亮了，夜将归于沉寂，黎明将由野鸟或雄鸡的啼鸣而起。

二

我小姨曾经有过爱情。当时，大伙都说她还是一个不谙世事的小丫头，整天在山野里奔来跑去，十分疯狂。她的脚步比她的翅膀还厉害，跑着跑着就能升到空中在天上奔跑。有时候她踏着树梢跑，有时候踩着流云跑，不过大多时候她什么也不借助什么也不踩踏，就那样在半空中划桨似的前后甩动她细长的两腿。

每当这个时候，人们都放下手中的活儿，放弃自己的睡眠和美梦，抬头看她飞翔。最高兴的要数我们这些小孩子，因为每个小孩子都希望飞翔，像鸟像小姨那样做一个彻底自由的人，想去哪儿去哪儿。有好几回我们几乎看到了她的护身裤，几片枯叶覆盖在她的小腹上，再用树皮缠绕几次，使其牢固以免它掉下来出了丑。当然，我们能看见大人们也能看见，尤其是那些疯狂嬉戏追逐少女的年轻汉子们。他们一看到小姨的护身裤就嘘唏大叫，弄得我小姨很不好意思，脸蛋刷地红成一片，风筝坠地般呼啦一声坠下来，摔在地上。她来不及骂人，也不敢瘫在原地等疼痛过去才翻身爬起来离开，而是在坠地的一刹那就跃了起来，一阵风似的没了踪影。毕竟，我小姨还小，还处在懂得羞涩的年纪。

那让我来说说我小姨各个时期的情人们。他们长得五花八门，形态各异。总的说来，小姨的眼光总叫人伤心，叫人绝望透顶。谁说得清呢？她老是抓些不男不女、不像人样的，有的干脆就是动物。有好几次我外婆大发脾气，愤怒极了，把小姨刚带回帐篷的家伙都捞去，撕成两块或碎片。哦，那些可怜的家伙，他们就变成了四溅的鲜血、横飞的肉泥、一团模糊的枯叶。有的还被她扔进了江里，这是最严厉的惩罚。

被扔进江里的人都会变成江底的黑礁，撞碎江水和船只，原来是什么样子落进江里后也是什么样子。比如，小姨最爱的一头公驴就站在江水里，每到夏天水枯之时，公驴就露出脑袋，往回探望。也是这个时候，沿江两岸所有大山的深沟茂林里都会响着幽怨的哭泣声。小姨的泪水涓涓而流，滚下山坡掉在驴头上，发出清脆的瀑布声。山野里的鸟儿们曾经爱过现在也爱着小姨，也跟着哭泣。所以，夏季是个多雨的季节，是个忧伤的季节，江水随着我小姨悲伤的变化涨歇不断，变化无常。

三

她的第一个情人是只狐狸，那家伙的毛里散发出浓烈难闻的臭味，吓得人和牲畜都逃出帐篷，躲到山里的隐秘角落不敢回来。狐狸一到我们这里就反背双手，大摇大摆四处走动，东张西望，活像一个强盗又如一个威严的族长。

开始，我外婆也给吓坏了，她跳到树上手握拐杖，小心谨慎地把眼光投到这个陌生人身上，随它游走，看它要干些什么。可是到了最后，我外婆发现狐狸蹲在我小姨血淋淋的小腹上，沉醉地舔着，唧唧叫。外婆从一棵树冠跃到另一棵树冠上，溜下去站在一根树枝上又观察了一会儿，觉得无法容忍，高举拐杖飞下去，把拐杖的龙头对准那个陌生家伙的后脑勺。

小姨在下方，自然先看到袭来的拐杖。狐狸被小姨一脚踢上了天，落下来挂在一根树枝上。外婆不但没有砸坏狐狸的脑袋叫它脑浆四溅，反而被它跳下来砸伤了后腰，落个终身残疾，一旦天阴就隐隐发痛，搞得她寝食难安。外婆转过身一脚踢开狐狸，扭过头掴了小姨两耳光，叫她把脸转过去，在昏睡中听自己的耳鸣。

之后，倒霉的自然是那家伙啦，它怎么是我外婆的对手呢！外婆据守江畔数万年，击退过数以万计的大敌，和成千上万的人决斗过。她是我们的支撑，拥有天底下最为强大的力量和魔法。

外婆口吐白沫，扑倒在地，胡乱翻滚，痛苦不堪，逐渐变化，她整个人都变成了一大堆口水沫。她弓起身，呼呼拱高，越来越高越来越大，高过树梢直蹿云霄，一扭头变成一股飓风，低头俯身呼啸而来，撞到那家伙的脸上、肚皮上、大腿上、尾巴上，卷走了它所有的肉和血，仅留给它一副骨架。它哭嚎着哀求着，骨头和骨头咯咯相碰，打寒战似的上牙敲着下牙，用手捂住自己的眼睛不敢看自己逃跑了。很多天后，我们还能听到它为自己失去血肉的鬼哭狼嚎。

这是小姨第一次受挫。之后，她的挫折屡屡不断。这错不在她，也不在我外婆，人们都这么说。不管怎么说，我们所处的阶段已经和从前很不一样了，非常模糊。我们不能再接受和我们不一样的东西。

她的第二个情人是一只鸟。其实，他们之间也没什么大逆不道的。他们的全部行为无非是一起飞来飞去，在帐篷上方，在江水上空，在后边大山里的山野上，在丛林间嬉戏穿梭往来。

那是一只相当普通的大鸟。翅膀比一般人稍长，大概有一个小孩半个大人那么长，很宽。它总是左翅卷抱小姨，右翅缓慢而节奏分明，平稳地拍动。扇一下翅，它就能飞出一支箭到达不了的距离，英雄样十足，讨人喜欢和崇拜。

但是和所有小姨的追求者一样不幸，大鸟也被我外婆打了下来。这次，外婆是在我们全部人的帮助下干掉它的。她带领大伙儿站在中心广场上，她站在广场中心点的祭祀台上，下边篝火熊熊，无数人叉开双腿，赤膊叉腰。几个大力士抬来一根手臂粗的树枝架到大弩上，旋转弩座，仰着脑袋，跟着飞翔的大鸟和小姨无比放纵、无比欢快的笑声转动。我外婆一挥魔杖，巨箭嗖的一声飞了出去，快得看不见，扑哧一声插进它的右翅。

小姨的哭声尖利刺耳，摧毁了山坡上所有树木。大鸟掉到地上，翅膀哗哗啦啦淌血。它站起来，脱掉翅膀，全身赤裸，趴到地上，野兔般蹬跳，蹿进密林转眼不见了。留下我小姨一个人在那里嘤嘤啜泣，长久不歇。

四

天一亮，江对岸的人就都变成了石头，站在那里、躺在那里、睡在那里，侧睡或四仰八叉地睡，有的还保持着绝望和痛苦的神情，相貌丑陋，做欲哭状、掩面状、眺望状。

那些百年老青藤从石头的头顶上掉下来，开花时节便满是花朵，有黄有蓝有紫，还有白色。可是它们不大甚至可以说是相当小的，比起我们这里巨大的花朵，它们就像星星，而我们的则是太阳。我们的花朵可以吃，有酸有甜，它们却是一帮苦果子，进不得口。

误食了它们的人将染上绝望的毛病。每到晚上，花朵的苦涩就在他们歌声的引导下接踵苏醒，在你身体里徐徐绽放。最后，你会看到你眼前是一大片花朵，以大红色为主，鲜血般耀眼刺目，其间夹杂着各色的其他花儿，你再也看不到黑夜，你眼前全是明亮。然而，它们是老青藤花绝望的汁水，将把你引向绝望的边缘，把你交给偶然到来的死神。

误吃了那些花的人，每到晚上只好老实待在帐篷里，不敢挪动寸步。也许，你挪动的过程中踩了一条毒蛇，踩了一只毒蜘蛛，也可能感觉自己只走出一步，而实际上你却梦游似的走出帐篷，穿过丛林，来到了山崖前，前脚已踏向悬崖你尚不知道，后脚也跟了上去。

那些藤子一直往下生长，长出一丈又一丈，有的已经长过了山的高度，藤尖攀住江边凌乱的岩石，伸向江面，掉进水里，在水底蔓延生长，爬向对岸。

那年春风刚到，奇异的草腥味漫天飞扬，山上山下、丛林里、居住区都是那种难闻的味道，我们躲也躲不开。它们跟着空气、露水渗进我们的肌肤，继续往身体里渗透，最初只发现皮肤上长出一片一片巴掌大小的疹子，后来发现有人开始发疯。他们无缘无故地坐在帐篷外啐过路人口水，还不住谩骂。病情严重时，他们拔自己的头发，扯自己的汗毛，用刀尖从左到右划伤自己，黑色的血从刀尖下迅速渗出。他们无休无止虐待自己，打骂别人。

我小姨坐在那里，整个人都变了形，肌肤鲜润的光泽不见了，头发有些干枯分叉，眼角长出了隐约可见的皱纹，抬头纹逐日增加重叠。起初我外婆说是外族入侵，撒下了毒药。她下令全族人在山上山下，只要能堆柴火的地方都堆起柴山，引燃潮湿的草木堆，熏走那些奇异的味道。

后来，外婆在山边巡查时发现一根青藤缠住我小姨往后曲卷的右脚，青藤分成五支，分别爬进她的脚丫开始爬向别的地方，主要是她的眼睛和手和她脆弱的心脏上方的胸部，将来，在没有人阻止的情况下，它们定将一头扎进小姨的胸口，敲碎她还算坚定、冷酷的心。

那些白日和黑夜里，我外婆总站在江边悬崖上，指挥人们投下一把把一批批火把。火把掉在山崖上的青藤丛里、掉进江水里、掉在江边石滩上熊熊燃烧，从春季一直燃烧到夏末秋初。江面变成墨黑色，江水黏稠如漆，无法流动，堆积在那里，散发出浓烈的蛇尸臭味、熏天的泪水味道和小便失禁造成的恶臭。

因为这件事，我外婆在小姨身上加了一层黑色岩石，把她包裹起来。长年累月的风雨带层层尘泥、杂草子和微小的苔原类植物，小姨看上去不再如以前那么美丽动人了。但是，在我们心中，她美丽如旧，有着天底下最夺人魂魄的颜容，最耀眼的光泽。

小姨一声不吭，驻守江边，测听水鬼的呼吸，揣摩它们的行动。而同时，脑子里却碎片纷飞：她过去自由自在的快乐，她过去爽朗不羁的笑声，她与情人们的嬉戏，情人们悲惨的遭遇和她母亲的罪恶。外婆魔鬼般血腥，撕毁了一个又一个她的情人。

想着想着，悲伤爬上了她的眼睛，她哭了。我们听不见，只有躲在灌木丛里，看着她的背影，想象她内心无限的悲伤。记忆把她折磨得不像样子，连头都懒得回一次。想着她的悲伤，看到她脑子里交错重叠、混乱不堪、一晃而过的记忆片段，我们也开始哭。她不知道，能感受到那些悲伤的不只她一个人，还有我们，还有我们这些躲在丛林里的小孩子们，我们的心也给蒙上了一层尘埃。

五

小姨的第三个情人是个外族人。真正吸引我小姨的是他奇特的行姿。他倒着走路，也就是说他总是倒栽在地上，双腿叉开指向蓝天，双手替腿往前蹦跳。他身子往下一收缩，双手使劲一撑整个身子就弹起来了，他每撑一次就能反复弹上跳下八到九次，可走出十来步远。

我小姨跟在他身边，他弹跳一次她拍一下巴掌，诚心赞赏：“有意思，真有意思。”或者说：“真棒，真是太棒了。”有时还说出十分不雅的话：“我的小宝贝，你真是酷毙了。”得到这些赞赏，他当然很高兴，一个前空翻站起来，甩几把脑袋说：“等我清醒一下。”不过，我小姨并不在意他说些什么，在他甩脑壳那一瞬间，她又爱上了他甩头的英姿和他飞扬的头发。最酷的是他的汗水，汗水从发尖上飞扬出去，洒在方圆几十米的草棵上反射着阳光，晶莹剔透，闪闪发亮。小姨说，来，再来一次。于是他只好再来一次，再来一次。

从那以后他就这样走路了：小姨坐在他双脚上，他倒立着往前弹跳，把她蹬到半空里翻滚旋转无数次落回来，弹个七八次又必须马上来个前空翻，站起来嘴唇嘟出来，狂乱地甩自己的脑袋让热气腾腾的汗水顺着发尖飞扬出去。小姨拍着巴掌说：“好耶，好耶，再来一次，再来一次。”只有在夜里，小姨才偶尔发善心让他休息一会儿。而他的休息时间又被他自己分割成两大部分，休息和练功。

他不但将倒立行走、前空翻搞得炉火纯青，还在探索新花招。没办法，我小姨的美就是这样可怕迷人。他创造了单臂行走，只一只手支撑身体行走，而别的手脚都空出来变猫咪变兔子做各种小动物的动作。这个嘛，我小姨说不怎么样，和倒立差别不大。为此他一气之下躲进山里，很多天后带回吐火、踩高跷、走火炭等等把戏。

他吹嘘这些都是老天爷教他的，吐火吓鬼，踩高跷祈风，还可以看远处的景色和敌人，走火炭则是神灵的本事。他说他还可以走钢刀。见我小姨不相信，他飞快跑到后山扛来一棵参天大树，竖在我小姨面前，从屁股上掏出一把刀片，嗖嗖嗖地甩向树干。那些刀子射得树干嚓嚓响并穿透了它。他跑过去，赤脚噌噌噌爬上去。他问我小姨觉得怎么样，小姨没说他好也没说他坏，站在树根上顽皮地翻白眼吐舌头。这回他给气坏了，花豹那样往后一退身体，一个俯冲鱼鹰出水似的站起来，双手敲砸着胸口号叫不已。

他痛苦极了，蹲在树顶端几天几夜没下来，孤独异常。我小姨对他说："你下来啊，下来我就答应你。"他号叫着俯冲下来，落在我小姨面前，仰望他的女神。然而我小姨却突然大笑了起来，忍不住手巾掩面，说："你真是笨呢，我说了答应你就答应你了啊？我在骗你，我以为你就猫头鹰似的蹲在上边永远不下来了呢。"他号叫开了，愤怒催大了他的身体，身体像一阵烽火袅袅上升，无限拔高，高过那棵参天大树，蹿进云霄里。我们只看到他在云下边的身体。

三天后，一只可怜巴巴的乌鸦从云霄里掉下来，落在我小姨的脚前，站起来，拍着翅膀说："我给你天底下最美的贝壳，大海边的，你把耳朵放上去就能听到大海的声音，潮汐声，海鸥叫，螺号鸣，听到我的心跳。"我小姨还没来得及答复，乌鸦便飞了起来，脚踩两棵树干做成的高跷消失在天边，又呼啦一声跑回来，手捧海贝，扔在她脚趾头上，呼啦一声又不见了。

据说他游遍天下成了最伟大的浪人，表演杂技。可是我们再也没有见到过他，当然还有我小姨，她也没再见到过他。

六

接下来说小姨的第四个情人，我是说她自己认为可以当作情人的人。其实，她从小就是个祸根，从小就有很多人做她的情人，那时候她只把他们当作一般人，即使他们很爱她，她也说那不算。

她的第四个情人是三个人，他们是三个人但是必须在一起时才算一个人。他们来自江对岸，一个瞎子、一个聋子和一个瘸子。他们涉过江水，走过石滩，来到峡壁下，顺着峡壁上的岩缝往上攀登。瞎子看不见，不知道山高不知道恐惧，攀登的勇气十足；聋子听不到江风呼啸，听不见厉鬼凄厉；瘸子的腿一长一短，正适宜在岩缝里攀登，攀登迅速。他们艰难地翻上来，瘸子走在最前边，瞎子的手搭在瘸子肩头上，聋子拉着瞎子的手，来到我小姨面前。

正是他们的残疾为他们赢得了小姨的情爱。她对千奇百怪的事物、残缺的事物有着天生的极端的近乎变态的爱好和怜悯。她怜悯他们参差的腿，怜悯他们可怜的眼睛，伤心于他们耳朵的笨拙。她哭泣着，满脸泪水亲吻他们一长一短的腿、深深凹陷的眼窝、老茧遍布的耳朵。她问它们为什么不一样长呢？为什么看不见呢？为什么风把耳门都吹出了老茧它仍听不见呢？

他们叫她不要伤心，他们听得见。只要他们三个人一直在一起永远不分开，他们就看得见，听得见，能行千里路，能爬万丈山。

然而我小姨要的不是这个，她想把三个残缺组合而成的一个情人变成三个，叫他们都拥有矍铄的眼睛、完美的腿、灵敏的耳朵。每天夜里，她都把他们赶到绝壁前，叫他们一个一个倒着爬下去。她对他们说："你们怎么爬上来的怎么爬下去吧，用你们三分之一的身体，它也是你们的全部。"

我们大家都知道，她是多么的愚蠢，她的情人没有反抗，在绝壁上爬来爬去，像三只甲虫也似三条影子。他们从上到下爬，爬到半腰，又掉过头画一个椭圆往回爬。最初几晚上，他们都安全无事，兴高采烈围坐篝火前，谈论下一步的计划。瞎子说他将有一双眼睛，瘸子说他的短腿将长长，聋子说他的耳朵将听见山风呼啸还有小姨的命令。他们说他们将不再依靠他们的残疾苟活。

最先掉下去的是瘸子，他的腿一样长了；听到瘸子凄惨的叫声，聋子也掉了下去；看见聋子掉下去，瞎子被千丈绝壁的高度吓坏了，哭号趴在那里数年不动，手指、脚趾长出黏膜变成一只壁虎，在爬向一条缝隙的过程中也掉了下去。

七

无数个夜晚过去了，我们再也没听到歌声。他们开始失去夜晚，真正地变成了石头蹲在那里或坐在那里。而我小姨坐在江这边，也变成了一块石头，内心无限痛苦。她也不知道为什么自己要这个样子。她弄死弄伤了她的所有情人，她一闭上眼睛就想到他们，他们出现在她面前，重复他们一起时的动作。那只狐狸，那只大鸟，那个高跷运动员，那个瞎子 + 瘸子 + 聋子，还有很多被她遗忘和没有遗忘的。

每天晚上，他们就一个接一个从她的左脑门走进去，待天明时分又从她的右脑门走出去，仍然一个接一个。他们悄无声息，默默地做着自己想做的事。进去后，他们先爬进小姨的眼眶，掀起她万年没开启过的眼皮，叫她看他们一眼。然而，她伤心得更加厉害，眼皮关得更紧，不敢看那些以影子形式存在的小人儿。

既然打不开眼皮，他们又集合整队，打着锣，吹着号角，嘴巴仍然不说话不发声，向她的鼻子进发。他们从眼角里钻进去，顺着一条狭长的隧道走不了多久来到一个大厅。他们在那里坐下来，摆好阵势，拉琴的拉琴，打鼓的打鼓，吹螺号的吹螺号。那个高跷运动员在人群中央踩着高跷晃来晃去，晃够了他就跳下来点起一堆大篝火叫所有的人围着它又唱又跳，使劲踢自己的鞋子跳踢踏舞。他们踢痒了小姨的鼻腔，小姨不住地打喷嚏，但是她仍然没有彻底醒过来，脑子里一片混沌，看到无数小人儿在里边又唱又跳搞聚会。

她把他们一个一个地看过一遍，他们都是她的老情人，于是，伤心涌了上来，淹没了她的眼睛，小人儿点燃的篝火的青烟也跟了上来，伤心和青烟使小姨孤独地哭泣。一部分泪水顺着脸颊簌簌掉落，另一部分倒流进她的鼻子里。水从大厅上方的洞穴里山洪般奔泻而下，把他们冲出鼻孔。

他们爬起来，各自端着自己的小凳子换了个地方，继续演奏，有的坐在小姨鼻尖上，有的坐在人中里，有的坐在嘴角上，有的爬上她的额头，有的在她瘦削的脸骨上，有的站在她的耳郭上，打着火把跟鼻尖上的人较劲，拉帮结派对歌。鼻尖上也燃起一堆火。远远看去，小姨经篝火火焰映照的脸比平时更加美丽、娇嫩，又是那么憔悴。优美的歌声从她的鼻尖上、额头上、耳郭上升起来，有的从她的眼睛里流出来从她的肚脐里飞出来，火光映红了半边天。

歌声唤醒了江对岸的人。沉寂许久后他们又醒了过来，站起来挤在一起，一层层往上堆叠堆成人塔，开始歌唱。也许是长久歇息的缘故，他们的声音比以前更加洪亮，雄壮多了，和声的效果更佳，震荡着空气，震颤耳膜。他们还在一个一个往上叠加，塔越来越尖越来越细，越来越高，摇摇欲坠。江风一过，塔垮塌下来，人摔得满地都是。当风停歇，他们又爬起来，打好底子，一个接一个往上爬，一层两层三层……无数层，最上边那人把手放在眼睛上方做猴子眺望状。他们也点起火把，不知道这是谁的鬼主意。他们终于第一次看见了小姨的尊容。

她坐在那里，江风从她曾经年轻的脸上刮过，她的脸很苍老了，皱纹层层，她的头发花白了，一根根分叉。她好久没洗澡没洗头了，身体布满枯苔，因为没有人给她捧来泉水，没人给她弄来皂荚，更没有人把手巾覆盖在她的头上，揩去水珠。

看着她因岁月和记忆折磨而衰老的颜容，他们纷纷坠落下来，趴在地上变成一只只白羊，结队成群向山那边爬去。羊群洁白无瑕，漫过山脊一头扎下去，只看见队伍长长的蜿蜒的尾巴。

他们所有人都走了，只有那一个人还没醒过来。羊群彻底消失在山那边后，他才醒了过来，揉揉惺忪的眼，伸个懒腰摇摆扭动身体站起来。他成了最后一个人，站在齐腰深的茅草里，移动艰难。他为自己的孤苦伶仃号叫，这是一个误会。他仰着脑袋冲着漆黑高远的天空号叫，一声接一声，痛苦不堪。号叫过后他埋下头，歇息一会儿，深呼吸一口释放劳累，高仰头颅再次号叫。偶然间，他看见了小姨的眼睛。她正在流泪。

她脸上，那些小人儿们还在游行。或许只有她彻底苏醒过来他们才会离去。他们离开她的额头、人中、鼻尖、耳郭再次从她的眼角、鼻孔、耳洞里钻进去，顺着她的血液流淌向她身体的各个方向游荡而去。他们吆喝着，歌唱着，举着火把，在蜿蜒崎岖的山道上艰难行走，打着鼓，敲着锣。他们集体来到她的心脏，枯竭的心脏搏动微弱，他们走进她的心室，变成液体分开来，形成几支队伍，充满了她的血管，分头流向身体的四面八方，她的头顶，她的手臂，她的胸口，她的小腹，她的双腿，她的膝盖到脚趾头，她的肩头，她的手指尖。

他们使她的身体有了温度有了知觉。她开始渐渐苏醒，动动自己的手指头，动了动脚趾头，整个手臂和腿都能动了，她支起双肘撑起上半身，睁开眼睛看了看，劳累又使她睡了过去。

他们继续行走，还打起了大旗，占领所有山头，大的小的他们都占领了。他们爬上去，挥舞着旗子，向山下的人们报喜，向山下的人们炫耀。最后，他们把旗子插在那里，让它自己随风招展，跳进山坡上洪水冲刷出的洪沟里，一溜烟滑下来刹不住车，闯进草丛里不见了。留下一团烟尘。只有那一个高跷运动员还在那里，他站在山巅仰面大叫。他的号叫声太大了，占据了她身体的所有部位，在空中反复回荡，撞在一道墙壁上又给反弹回来撞在另一道墙壁上，久久不绝。

八

他的叫声打扰了她，她苏醒过来，抬头看看四周，什么人也没有，没有医生，没有护士，没有我们这些淘气的小家伙，外婆也没在那里。灯光耀眼的明亮。她赶紧闭上眼睛睡回去，呻吟着躺了一小会儿，往后挪动身体靠着一道墙壁慢慢立起来，背靠在墙上，缓慢睁开眼睛。这回好了，灯光没那么耀眼刺目了。她冷静地观察四周，四周有雪白的墙壁，乌黑的地面，地面上白色星星点点。床乳黄色，被子洁白，上边印着几颗大小不一的红字，红字呈弧形。江对岸的人都走完了，只他一个人站在那里。

他看到她坐起来，脸上的皱纹潮水退回大海那样退回她的皮肤里，她的头发一根根竖立，发梢长出了新芽，新芽一寸寸蔓延伸长，枯苔渐渐转青，一片一片从她身上掉下去，落进地里在那里生长，露出她润泽的肌肤。

她开始活动四肢，手和脚，手指和脚趾，最后她眨了眨眼睛，翻动白眼，努努嘴唇，它很灵活，吐吐舌头，它也是灵敏的，能清晰感觉到空气枯涩的味道。她抬眼看着他，一直没挪开。他们关了灯，引来漆黑，放下蚊帐遮挡了一些冷和风声。

那是夜晚，一个美妙的夜晚，江风呼呼吹动。天有些冷，单调的歌声从窗户里飘出来，一个男声，一个女声，自然随和，婉转悠扬，带着淡淡的满足的忧伤。

鱼

一

我是说我看到一条鱼，就在河里，它从石缝里爬出来，缓缓游向深水。我从没有见过它这样的鱼，两腮下居然分别长了一条腿。我问我爸爸他晓得那是什么鱼不？他说他不晓得，他又没有见到过我说的那条鱼。于是，很长一段时间我都坐在河边，嘴里叼根狗尾草等待那条鱼再次出现。

我想亲自抓住它，举到半空中，欢快摇摆右手，告诉河边所有人，我捉住了一条奇妙的鱼。同时，我将不无得意地向我爸爸宣布：我是多么的伟大，我抓到了我们河边有史以来最最可爱最最令人激动又最叫人害怕恐惧的鱼。你想想，暂时还算平静如水的河边突然出现这么一条怪物会引起多么大的轰动！

但是，我再也没有看到过它，时间一长，它就像秋天掠过天际的雁声，飘落在我的记忆深处。在夜深人静且无法安眠的时候，我才于辗转反侧中偶然想到它。这时，它如旧年的沉渣烂渍般舒展——升起——降落——沉底——飞扬起来——再降落——沉底。这茶叶真是被沸水煮欢腾了。

我爸爸告诉我，他小的时候从没有见过长着脚板的鱼，五条腿的螃蟹倒是见得多。他说，鱼嘛，就应该像鱼的样子，长一对翅膀、一只鳍和一条尾巴就好了，干吗还要长两条腿呢？他老说不好鱼背上、肚皮上、尾巴下边的运动器官的名称，我也说不好，我们河边所有人都说不好，我们这么叫它们：翅膀、鳍、尾巴。我对他笑了笑，谁都知道五条腿的螃蟹很容易见到，要是不信的话，抓只螃蟹回家掰掉它的三条腿你不就闹明白了？

我说："爸爸，你见过六条腿的蟹吗？"他笑了起来，把双腿收上床打个盘腿，背斜靠到墙上，继续打他的草绳，嘴里吸着芦苇茎做的烟。不多久，他将烟筒从嘴里抽出，在床沿上敲了敲，烟屁股骨碌儿掉到了地上。

我掐指算了算，上次看见鱼距今已有小半年了——从狗尾草钻出地面到它逐渐枯萎、倒伏的日子。我又一次想到了它，我要求我爸爸把我抱到河边等待它的出现，从此，无数个风雨之夜我都不曾缺席。狗尾草从河边消失了，冬天从风里探出了脑袋。我想，那条鱼将永远不会出现在我面前，移动它慢吞吞的腿，挪动它幼小稚弱的躯体。

我觉得它的幼小样子真像我。我也很瘦弱，不能在河边飞奔，不能下河洗澡，因为我没力气，连玩小乌龟的力气都没有。我有好几对小乌龟，它们都是同一个妈妈在同一天里生的同一窝崽崽。我爸爸外出捕鱼时发现了乌龟妈妈下蛋的老窝，小乌龟们刚爬出蛋壳，他就把它们抱了回来。他天真地以为小乌龟顽皮地爬动会刺激我运动的欲望，进而使我站立起来学着慢慢行走。

是的，他的猜测是对的，我很想动，我也很想爬，我也很想爬起来像河边的小动物和小伙伴们一样四处奔跑。可是，每当用力我的腿却没半点动弹的迹象。我唯一的办法是坐在地上看别人灵巧地跑动。说实话，好些年下来，我已经习惯了，这么静静地坐着没什么不好的。

鱼是下雪的前一天出现的。它从以前那个洞里爬了出来。与上次不相同的是，它的肚皮大了许多，好像怀上了孩子，大腹便便、左摇右晃、东倒西歪地爬动，似乎稍不小心就会掉下独木桥坠进深渊。

我趴到地上，连眼也不眨一下。我喜欢它的样子，它真可爱，在洞口爬个圈圈，艰难地爬上一块小石头，蹲在石头顶上，向四面张望。它肯定没看见我在看它。望上一阵后，它蜷缩回脑袋，夹到左腮和左腿之间，轻轻扭动摩擦腮或者腿根。也许，它把腮和腿根都摩擦了一遍，挠痒痒自然是必不可少的，挠痒痒使人舒服。

正看得高兴，一双大手从我身后穿过我的双腋，把我提了上去搂在怀中。他是我爸爸，每当傍晚他都把我抱到这里放下，等做完了活，又把我抱回去。无疑，天底下再也没有比他更有耐心的人，他比我妈妈还耐心，就连我十分三八的小姨、喋喋不休的外婆都没话说。

我翻过身，熟练地圈住他的脖子。他的脖子散发出的热气总叫人感到欣慰，毕竟，有他做我爸爸的几年里，我没有多大的遗憾。他就是我的双腿，我爱去哪儿去哪儿。我贴过脸去，贴在他的脸上。我说："爸爸，今天我还不想回去。"

二

回屋后，妈妈端来一罐药汤放到我面前。我瞧了瞧，药水为褐黑色。和以往喝下的药水不同，药水不但甜腻腻，还飘散出酸臭味和过山虎的草腥味。药水波动不停，波纹中有我大大的眼睛。我问她那是什么药。她没说，放下碗转身向门口走去，跨过门槛，消失在昏黄绮丽的光中。

这个情景多次反复出现在我的梦里，她是那么的恍惚不定，无法触摸，我想抓住她，叫她永远不要走开，却永远抓不住。

而我外婆却说我梦里撞见的不是我妈，是鬼。我撞见的是几十年前河边淹死的钓鱼的小老头，她说那是一个可爱的成天笑呵呵的老小伙子，嘴角挂着几缕胡子般的皱纹。我说那是妈妈的背影，我看得清清楚楚。但是，这位远近闻名的女巫继续狡辩说，那是可恶的恶鬼引诱我走出房门的卑鄙方式。她说我是那么娇弱，正合他的胃口，更重要的是，抓像我这样的孩子他遇不到强烈的反抗，能轻易得手。

我没法跟外婆说上五句话，她总爱争个你死我活。为了避开她，我张开嘴叫道："小姨，外婆叫你快进来，她有事情跟你讲。"

外婆继续说："要是你不信，我可以给你看看我的珍珠球，上边什么都有，写满了我们河边所有人的命运。从你开始，河边的小孩子们将无一例外地一一瘫痪，并最终死去。"

外婆的珍珠球是她用一生的精力从男人那里——男人从河蚌壳里收集来的，而且，我妈妈偷偷告诉我，她为了得到现在的珍珠球的一部分，才把我妈妈许配给了我爸爸。小姨也这么说，她说原本我妈妈可以嫁个更好的人家，如果真是这样，我不会是个瘫子。

小姨进来了，她正在发春，成天奔波于矗立在河边的帐篷之间，焦急寻找梦中的配偶。她的配偶是什么样子只有她一个人知道，她在梦里见过他。在饭桌上，她多次暗示她将来的男人是一个极其优秀的人，至少跟河边的男人相比他是绝对优秀的。我妈妈不无妒忌地看着她，有时还讥讽她一阵儿。

有一天，小姨居然胆大包天，当着我们全家的面说，她的男人十分优秀，比我爸爸好上千倍万倍，比我外公还棒，我外公就占个高字，除此之外，就没什么可取之处了。她的男人不但高，还长得壮，一个人就能撒圆一张大网，一个人就可以捉住河里最大的龟，杀死河里凶恶的魔鬼，一个人能吃掉五条大鲤。要是她愿意，他可以揪着她飞到很远很远的地方住在大山里的树丫上，我们永远也别想见到她。我妈妈、我外婆的嫉妒已经令她恶心透了。

那一次，她真的得罪了外婆，老巫婆第一次站在我妈妈这边，她一边安慰我妈妈一边攻击小姨。她安慰我妈妈说，她的男人比你的男人糟糕千万倍。说着，她从怀里掏出珍珠球，放到桌子上，嘴里念念有词。她告诉在座的人，她在诅咒，她正在诅咒我小姨，诅咒她以后找个王八做男人，乞求老天用一辈子王八婆娘的身份来惩罚她这不肖女。

外婆的诅咒不但没灵验，反而激起了小姨更凶残的春情欲望，她几乎夜夜不归，穿梭于河边男人的帐篷之间，甚至连我的小伙伴她也不放过。

小姨走了进来，假扮羞涩，忸忸怩怩走到外婆身边，羞答答地看着外婆的老脸，嘴角衔着发辫，手指上不停地玩着不知哪儿弄来的烂头巾，问："我的妈妈，有什么事你就说吧。"

外婆咆哮道："给我滚出去。"

出乎我的预料，小姨竟咽得下如此的恶气。继续咬自己的辫子，玩儿手中的烂头巾。扭扭身子，撒娇似的说："嗯，妈妈，我的好妈妈，有什么事儿吗？"说着说着，她还毫无廉耻忘记过去她们之间的仇恨扑过去，从后边搂住外婆的脖子，耳朵贴到外婆耳朵上，把娇撒得更欢，说："妈妈，我的好妈妈，有什么事情你就放心说嘛。"

外婆不但没有理她，而且抡起手里的拐杖反手向后砸去。小姨有一副好腰身，敏捷地躲开了抡过来的杖子，一蹦蹦出十来步远，站牢返回走到我身边，咬牙切齿地用右手揪住我的耳朵，眼神恶狠狠的，左手在我的脸上挠一把。血渗出皮肤，热乎乎，顺着脸颊流下来，流进我的嘴里，咸咸的。

小姨抱过我，挡在外婆面前，仍然咧声咧气："嗯，妈妈，我的好妈妈，有什么事情你就放心说嘛。"不知道今天她怎么这么爱这句话，她已经说了三遍了。她似乎从这样矫揉造作的语气和话语内容中获得了无限的快乐，而快乐源于老巫婆的愤怒，她越愤怒她越快乐。外婆跑过来，高举手杖朝我的头砸下来，她怪罪我无端生事。

我妈妈和爸爸都在忍受。我妈妈忍受我爸爸丑陋的外表，我爸爸忍受的则是一切，他忍受我妈妈、小姨、外婆，忍受我和我的病。大多时候，他默不作声，在不会引起家里争吵的情况下，他才会说上几句，比如“吃饭了”，比如“你去歇息我来做”。还有，他忍受得最大的是我，草药对我的病束手无策，就连我的女巫外婆的癫言疯语也奈何它不得。

三

太阳光已经掉进河面。爸爸坐在门槛上，背向我面向河水。我摇了摇头，头依旧疼痛难忍。仅那么摇动一下脑袋我又疲倦得睡了过去。小睡了一会儿，其实，准确地说我还没有完全醒过来，而是处在半睡半醒中。

妈妈坐在床沿上，一直盯着我关切地看，但发现我正逐渐醒来，她就起身离开了。她不喜欢和眼睛睁开的我待在一起，只当我熟睡或者因生病而迷糊的时候她才靠近我，轻抚我年幼的头发和宽大的额头。她从爸爸的肩膀上跨过去，走进屋外的空气里。她老是重复这个单调的动作，从未想到是否该换换。

我竭尽全力伸出右手，握紧拳头，右手中指敲击床沿发出声响。爸爸走了过来。这些年，他已经熟知敲击声，能从声音大小、快慢缓急准确地揣度出我想说什么。

走到床前，他弯下腰，头伏到我耳跟前，耳语道：“有啥事儿？”

“我刚做了个梦，梦见我的头被人敲碎了，脑花散落一地，血沫子和血腥味儿漫天飞扬，我给熏坏了，透不过气儿。”

“不要怕，我守着你呢。”

“我觉得我快死了。”

他使出浑身解数安慰我，他说我只被外婆的拐杖敲了一下，很轻的一下，没什么好害怕的，没出血也没更多可怕的事发生，多睡一会儿就好了。

“梦里我还看见了她的珍珠球，珍珠球显示我的死期已到了，就在这俩月。”

“瞎说，你外婆是个老疯癫，她的球不再灵验，它也老了。”

“可是，很多年前她就说过我要早死，说我小小年纪就会死去，被那个钓鱼老头捉去。”

“嘘。”他说，“小声点，就当她生下来是个疯子好了，你不会有事儿。”

说完话，他怯生生地往外退去，像个无法饶恕的罪人。退到门口，他又说：“别声张，要是你妈妈你小姨你外婆她们任何一个人知道了就不好了，家里绝少不了一场天大的动荡，闹得天翻地覆。”

我点了点头，同时说：“今晚我要到河边去，我要找那条鱼。”

他高兴地笑笑，走得更快，转眼消失不见了。不到一分钟他又折了回来，脸上勉强露出笑容，遗憾地说：“昨晚下雪，你还不知道，在河边待一整夜你会被冻坏的，冻成个冰人儿！”

听他这么一说，我兴奋得不得了，今年的雪终于飘下来了。只要有雪，我便可以坐上雪橇飞驰在结冻的河面上。四条狗在我的吆喝声中把我带到顺河的我想到达的任何遥远的地方。这是我大开眼界的最佳时机也是唯一时机。有雪，我的狗奔啊奔啊，奔跑到暮色四合也不停下。

我喜欢那条鱼，喜欢它是鱼却长了两条腿。我不嫌弃它的不伦不类，你看它是多么的自由快乐，既可以以鱼的身份穿梭于水草、石缝和水之间，又可以爬上石头爬上河岸爬进草丛，我猜想（要是我是它的话我也会这么做）下崽之前，它定会乘月色皎皎躲开夜渔人，将自己隐没进草丛里，静候生育的开始。

可惜我不是它，我连双腿也是并在一起的连个真正的瘫子也算不上。我是怪胎，是罪恶的产物，我妈妈和我爸爸还有我外婆是罪恶的制造者，老天爷把对他们的惩罚降临在我的头上，只允许我在罪恶圈定的范围内活动。

今年大雪后，河面一反常态没有结冰！

爸爸把我抱到河边，夜里河风很冷，很清，很湿；头顶的月亮很白，很大，很圆，光芒冷冰冰，倾洒在雪地上。

我一个人坐在河边。我终于得到了热切希望的安宁，头伸过河岸，死死盯住鱼出没的石缝。有我如此热心的观赏人，有我这样的仰慕者，有我这样长了一对奇异双腿不能走路的人静静等候，它没有理由拒绝第三次现身。

河水里有我的影子，它趴在河岸上，探出脑袋四处张望，像条寻觅蚂蚁的大蜥蜴，又似一只嗷嗷待哺的幼年海豹，扭动长长的颈脖，舞动呆傻脑袋，无音的叫声飘扬空中。声音定是哀伤、婉转、牵动好心肠。影子那么像鱼，就像是那条我期待已久的鱼趴在岸上对着河水照照又照照。

我不知道依靠上肢爬下河岸爬进水里蹲在那鱼曾蹲过的地方我是不是更像它。我打算试试，也许，就这么一回我就真的变成它畅游在清澈的河里，于草丛间爬行，与众不同，特立独行，何况原本我生得就跟一般人不一样。

四

每一次新女巫的产生都会带来许多意想不到的残酷，所有人都缩回本性的壳里，骤然间癫狂无比。

河边平静的日子一去不复返，它使我的家人尤其是我爸爸发生了巨大的变化，他不再爱我不再关心我，任我自生自灭。这转变也使我的讲述无法浑然一体，判若两样，我讲述中的人也判若两人，陌生得似乎不曾认识。他们的变化叫你甚至也叫我难以信服。

我妈妈从外婆的珍珠球里看到了我小姨。小姨更加疯狂，跑出一个男人的帐篷又钻进另一个男人的帐篷，她尤其喜欢枯树皮做成的帐篷，因为这个，她也喜欢里边住着的男人。有的帐篷她频频光临，而有的，比如红色、蓝色、白色的帐篷她却去得很少，黑色的帐篷她从不光顾。

我外婆也偷看，她从中找回了不少自己花开季节的记忆和乐趣。她也曾是花朵般的女人，她说像她们这样的花朵是会飞的，飞行于河边男人的帐篷之间，采摘漂亮的果实。她还责怪我妈妈，怪罪她不是花朵，不懂得飞翔，也就不会勾引男人，不会真正懂得天下事情的真理，不配做女巫。

做女巫的女人必须是通过男人了解和解析世界并在这过程中成长和成熟的。无疑，我妈妈不可能成为她的继承人，我小姨才是，尽管外婆一点也不喜欢她，她还是要将自己的本事和事业传授给她，企求她把河边的历史悠久的女巫事业发扬光大、鹏程万里。我小姨是难得的天生的当女巫的料子。

两个月前小姨已经知道一切，她奔波于帐篷之间，跟男人换取尽量多的珍珠粉是她的使命。老天爷在她还是胎儿的时候已经把女巫疯狂的本性注入她幼小可怜的小身体，上天安排的她不会违抗，她也不愿意违抗。她是那么漂亮以致赢得了河边所有女人的嫉妒，所有男人的宽容、理解和赞扬。他们引诱她去取走他们辛辛苦苦积攒下的宝贝。他们是她的可爱的臣民，心悦诚服的奴隶。

当这场大雪开始消融的时候，六十年一次的女巫大会又要开始了，小姨的珍珠球越来越大，珍珠球最大的人才能被选为伟大的女巫。

他们为各自的欲望疯狂奔走，忘了我还在河边。

大雪淹没了我鱼尾般的双腿。我一个人坐在河边一日又一日，雪越积越厚，它开始淹没我的腰，一直往肚脐眼爬呀爬。

原本，我是想大呼小叫的，但是我又怕惊坏了那条我等待已久的鱼。为了看见它，看见我妈妈因嫉妒小姨憎恨我外婆仇恨我爸爸而跟人私奔远走我也没有叫。要走就走好了，有朝一日，当我有腿我也会走，走得远远的，离开河岸永不回来。而此时，对于我，这里是太冷了点儿。

很多天过去了，我仍然没有看到鱼。雪开始融化，太阳懒洋洋，照耀头顶，河水逐渐上涨，河面宽了许多，水位不断上抬。微风一来，波纹荡漾在我脚边不住舔舐泥土，草开始萌芽，冬天已过春天紧跟着钻了出来，就在草尖上，就在我伸手可触的地方。随春风上升，瞌睡爬上额头，我睡欲恹恹，耷拉着脑袋，脑袋斜偏在肩膀上，唾液黏糊糊流出嘴角，拉根长线往下掉，落到我的破衣服上。

小姨当上了真正的女巫，一夜之间衰老成不折不扣的老太婆，脸上皱纹遍布。

所有人围绕着神坛日夜歌舞，狂欢到夏日炎炎，他们才意兴未尽勉强结束。无论谁遇到六十年一遇的大节日都不会忘记好好乐乐狂欢一把。站在祭坛中间，小姨伸展开双手，仰面朝天，嘴里喃喃叨叨，和上天对话。现在小姨是我们河边唯一能和天地对话的人。

外婆跪在坛边上，一脸平和等待死刑到来。她的使命已经完成，她已经成为阻挠新女巫开展她与神与我们之间事业的最强大最可恶的力量。按照女巫的传统，她将被束手扔进河里，任她的生命在水里自由翱翔。

之后，小姨还将举行和山川河流、草木飞鸟、虫豸野兽的对话，还要去别的地方和别的女巫交换互不侵扰的条件以及相互支持发展女巫事业。再后来她会结婚生子，养育婚前婚后的孩子们，直到下一代女巫产生她被扔进水里死去。

和女巫媾和的男人也走到了生命的尽头，他们会马上死去，他们成群结队走在河边，寻找葬身之地。他们都为自己的死感到光荣，我们河边的人都为他们感到光荣，是他们这些男人无私的珍珠粉促成了新女巫的诞生。但是，他们中的某一个人将被新女巫也就是我的小姨挑中继续活下去。他是新女巫未来的丈夫，也是我们河边罪孽最为深重的人。在以后的日子里，他没有言语的权利，低头做自己该做的活儿。与他相比，我爸爸还是幸运的，至少他还可以说些无关紧要的话。

他们沿河不停地走，一直消失在我们所有人的视野外为止。行走的过程中他们将撞见烟雾般的死亡形式逐一挥发。女巫给他们安排有去处，她让他们中的一些人飞进大山做野兽虫豸，让一些人变成河里的鱼，让一些人变成天空里飘荡的云，还有一些进了土里，生活在暗无天日的地底世界，做他们应做的活儿，睡他们应睡的觉，让一些人变成草木，让一些人变成藤萝。是他们漂泊不散的灵魂创造和支撑着我们的世界，一代接一代。要六十年后另一个女巫产生之后他们才能得到灵魂的安慰，新女巫将让他们以新的形式重返人间，女人抑或男人。

小姨走下神坛，站在人群前高举双手，右手握着从外婆那里继承过来的拐杖，它是女巫权力的又一象征，拐杖的魔力逐日减少，乃至在女巫更替的时候消失。只有新女巫的产生才使它重打精神，再次拥有无边的法力。小姨走向人群，人群自动分开，让出一条路。她走进去穿过人群，走向她的帐篷，粉红帐篷。

五

鱼终于出现了，它从洪水里游出来，爬上岸。这是它最后一次出现在我眼前，因为我知道我的死期已至。

外婆的珍珠球早说过我活不长，还预示从我这里开始，我们河边的瘫子将越来越多，我是第一个，第二个就在我后边，第三个也在，他们逐渐失去言语的能力。这种病会从一个人身上爬下来，钻进草丛快速爬动，藤萝攀缘树干那样爬上另一个人的腿，扎进他的身体。它就以这样的方式传染河边的所有小男孩，使他们一一死去。

鱼抬头望望我，掉头爬进水里游向河心，挣扎过急流，游到河对岸，攀着河岸慢慢挪动，找个平缓的地方，翻上岸去，爬进向往已久的草丛。它趴在草丛里，吁吁喘气，不住回头看逐渐消退的洪水。河离它越来越远，它的尾巴破裂开分裂出两条小腿，小腿长粗长壮，变成后肢。它摇摆身子朝前爬去，爬向远处黑黢黢的山影。

每年春末，洪水刚刚退尽，夏天的洪水就紧跟着跑了下来。急流带来了草垛，带来了朽木，带着完整的青树，河面宽广无边。春天雪化而来的洪水清澈透明，水中有草能够看见草的绿色，而夏天的洪水为血瘀色，卷带着泥沙，腐朽的死物。

女巫不得不带领河边所有人往高地迁徙，躲避每年一次的夏洪浩劫。因为夏天的洪水比春天的大许多倍，不像春季的水没有病毒，它夹带着瘟疫，卷携着死亡。我们逃亡出去，待洪水消退搭帐篷的草地完全显露，待野花儿开遍河滩草地，待蚌壳爬上沙滩，才迁回原地补网捞鱼。

没有人发现我，我还坐在河边，瞌睡无休止地纠缠我，我睁开眼睛又被它蒙上，睁开眼睛又被蒙上，好像以前妈妈给我盖被子，她老是先盖我的肚皮再盖我的腿，之后才想到我的胸口。我扑到地上，缓慢爬行驱逐瞌睡的侵扰，爬一阵我又爬回原地挺胸直腰坐着，尽管鱼已经爬到河对岸我还是愿意待在那儿。我把头探出河岸，发现河水退回到了秋天的水位也就是鱼出没的水位。

我想尽用尽了一切办法还是逃不出瞌睡的威胁，在它强大的攻势下，我终于妥协了，偏着脑袋，开始打瞌睡。半睡半醒中我的身体不断摇着，要是在很远的地方看见我的头的话，你一定以为那是觅食鸟儿的黑尾巴，它栽进草丛里，一个劲儿左摇右晃。瞌睡真是世界上最可怕的动物，它躲在暗地里，准备随时进入你的身体。

我看到大人在为夏天的迁徙做准备，他们收集好自己的所有东西：一条芦苇编制的被子，一双草鞋，一条彩染树皮头巾。他们给自己的羊儿套上绳子，把鱼干穿好晾在树桩上风底下，鱼干臭烘烘的味道飘得很远，即使我这里仍能闻到，且味道浓烈，臭烘烘的香。他们把鱼干带到山里，吃菌子、吃野兽肉吃腻了就吃上一点儿。

小孩子奔跑在河滩上，大人的事情不是与他们无关，而是他们太贪玩太相信大人了，他们相互追逐着，踏乱了草地上的花儿和草儿。

我叫他们，他们不理睬我。

我又叫了，声音很响亮，他们依然不理，似乎根本没听到。

一个小孩从我身边跑过，我伸手揪他的衣服。我揪住了，但是他一跑衣服就从我手里溜了出去，他也没察觉。他的衣服在我手中就像河水，看得着抓不到。我又赶忙抓他的手臂，还狠狠掐了他一爪。他没还击我或者根本没感觉到我的存在，没感觉到我在抓他掐他。他既听不到半点我的声音也看不见我的样子，或许对于他，我只是无形的无关紧要的东西。他欢叫着跑过去，趴到地上，抓起一把一把石头投向他的伙伴。

小孩也离开河滩，忙碌起来，收拾自己捡来的贝壳，收拾自己积存的野果核，收拾各种彩色石子打孔后用兽皮线穿成的项链，把带不走的大玩具掩埋进泥土，洪水退去搬回河边后再挖出来。

瞌睡把我的眼睛蒙得更牢了，上下眼皮粘在一起，用手掰也掰不开。

睡意潮汐般涌遍我的全身，从眼角到头顶，头顶到肩头、胸口、肚皮、双腿、膝盖，最后是脚趾头。它跑到那里却不继续跑，不跑出我的脚趾头消失得远远的，它游荡在我的身体里，哪里稍有清醒它就直奔哪儿击溃哪儿。

我躺到地上，手臂伸到空中任它自由落下，我以为睡在这里很难受，其实，很舒服哎。我要睡觉了，我开始睡觉了，我听到幽幽的安详的呼吸声，一粗一细，一起一伏，脑子里一片宁静，只有我安详美丽的梦了。

六

我是说我看到一条鱼，就在河里，它从石缝里爬出来，缓缓游向深水。我从没有见过它这样的鱼，两腮下居然分别长着一条腿。

我站起来，走出草地，走下河，走到它身边。它居然一点也不害怕，摇摆着鱼尾游到一块石头跟前。石头不是很大，有一个牛头那么大，形状简单，凹凸不平，大致为椭圆形。它浮出水面，双爪抱住石头，一点一点移动。因为爬上石头的艰难，它把脖子使劲拉长，下巴搁在石头顶上。它的肚皮底下满是苔藓，既光又滑。它滑落下来掉进水里，于是它只好开始第二次征程，它游近石头，浮出水面，抱住石头肚皮贴在苔藓上。

它小得可怜。

它那双瞪得溜圆热切盼望攀缘成功的眼睛很能牵动人对它的怜悯。

我伸出右手捉住它的肚皮把它抓了起来，仔细看了一遍它的样子，白肚灰背，肚皮冰凉光洁，背上却疙疙瘩瘩。在我手里，它撒开两前爪伸直尾巴，尾巴一动不动，我清晰地听到它的呼吸。

我弯下身把它放到石头上，它乖乖蹲在那里，醉醺醺地轻摇脑袋。我脱下衣裤，跨上石头，学它的模样儿蹲下，双手支撑全身，我天生并合的双腿十分像它的尾巴。我又跪到石头上，引颈摇晃着脑袋。我想我的样儿一定跟它一模一样，水里我们的影子都是一样的。它偏头看看我，又扭头看看水里两条同样的影子，溜下去落进水里游进水草丛不见了。

我一个人蹲在那儿，开始了蜕变，肚皮开始变成白色，脊背上长出无数脓包疙瘩，双腿退化成鱼尾，我摇了摇尾巴，挺管用。之后是我的脑袋，它也开始了变形，变成扁平的壁虎头，额头上鼓突出两只大眼睛。

从此，我就蹲在那里，一刻也没离开过，没有任何人发现我。

我一直蹲着，还将蹲下去，直到有一天河边又一次下起雪，我被一个小男孩发现为止。

造房子

一

很晚我才回家，房子不见了，除了院子里那些树之外，便是些凌乱的草。

我的房子竟然不翼而飞了，我问身边的人，他们使劲摇头，拨浪鼓似的，左边——右边——左边循环不止，似乎这一切跟他们毫无关系。然而，自私的人啊，你们有没有想过，你们已寄居我家多久了？三五月，还是三两年，我不记得，我只记得我们亲如血肉。

既然他们什么都不知道，我不好再继续追问，最近我老抱怨，我讨厌别人抱怨的样子，我也讨厌自己抱怨。

我迈步跨过水沟，搭在水沟上的石板还在，石板很干净，好像被水冲洗并用刷子刷过。走近了，院子显得越发凌乱，地上有些许稻草屑，两根屋檐板斜靠在树干上，是被人迁走的，可谓干净利落。我没吭声，继续往前走，他们跟着，跟得很近，甚至有人踩到了我的右脚跟，一共三次，我仍没吭声。

最近我老做梦，这段时间我太疲惫了，工作日夜操劳，回家还得阅读，神经紧绷随时可能崩盘，经常边走边睡觉，从家里到公司，洗手间到办公室，甚至拍死无数蟑螂时也会睡着。

假如在梦里，房子可能存在，而我却感觉不到。

我走过去，脚尖触到了台阶，摸索着跨上去。为了完全确定房子存在或不存在的可信性，我闭上眼睛，伸直双臂，猛地向前扑过去。空的，墙壁、门、窗户、锁把手，什么也没有，连那只长守在门前的土狗都不见了。

我睁开眼睛，他们从后面赶上来绕过我拦住我的去路，直愣愣地盯着我面带笑容不怀好意。其中一个说话了，他说："我们把房子搬了！"

"搬我的房子干什么？"我很疑惑，更愤怒，调高嗓门儿吆喝他们道，"搬我的房子干什么？谁叫你们干的！"

"你听我解释。"

"有什么好解释的。"我竭力控制自己不开口大骂，但是，无济于事，"狗日的，养你们这么长时间，就这样报复老子！"

"你听我说！"

我控制不住我的情绪，我讨厌自己的怪脾气，有些年没有大发雷霆了，无数年来强忍来的修养，竟然被这般轻易地击溃了。我不应该这般狂躁，更不应该这般吵闹，我节制自己。

"说，我听你说。"稍微冷静些了，可高潮紧接着低潮，"听你说什么？把房子给我搬回来！"

见我这么狂怒，他们惊讶坏了，"哦……"集体发出一阵吆喝声。其中一个人，还是刚才说话的那个人，他好像是他们的头儿，当然，也可能是他们中最没有地位的一个。这不是不可能，我就是支使没地位的人冲在最前线的典型。一头狼领着一群狼奔跑得更快，还是一头猪在一群狼前头逃命狂奔更壮观？真是不好说。

与上次不同，他朝前迈出一步脱帽弯腰向我深深地鞠了一躬，斩钉截铁地说："我们的确把你的房子搬了。"

话音未落，他又补充道："准确地说，我们不是把你的房子搬了，而是一把大火把它化为了一团灰烬。为了向你道歉，于是我们把未燃尽的稻草、木板和横梁从火里抢出来，给你重新建造了一座房子，比以前的房子矮一些。这么说吧，以前的房子有你那么高，而新建的房顶绝对不会超过你的肚脐。不过新房子比老房子大了许多，至少从面积上讲是这样的，以前的房子可以挡住太阳，而现在的房子足以遮挡月亮。”

他越说我越糊涂，我掉进了他们的圈套，不是事实的，而是故事的，他们纯粹是在瞎诌，他们企图以故事取代真实混淆我的视听和思想。我不会上当的，我长于狡辩，善于思考，更糟糕的是，我擅长边走路边睡觉。“那你们给我建了一所什么样的房子？”我问。

“一座矮房子！”侏儒从人群后蹦出来使劲挠左腮痒痒说。

“一座大房子！”肥胖患者将侏儒压倒在肚皮下地面上说。

“一座草房子！”独眼跃上肥胖患者的肩膀蹲在上边说。

“一只大蘑菇！”兔唇推倒肥胖患者和独眼站到最前边说。

我的天，他们究竟想要说些什么？

最先说话的那个人，坐到肥胖患者背上，跷了个二郎腿（无疑他是他们的头儿，或者说他们完全平等，对待彼此皆善良）说：“是蘑菇一样的又矮又大的草房子，综合起来我们说它是一座又扁又圆的大南瓜似的房子，左边开门，右边开窗，门前修小河，后门挂星星，朝天造屋顶，朝下挖窖坑！”

有意思，我发现，并且，他们将越来越有意思。“还有吗？”我问。

侏儒撅起屁股使出吃奶的劲儿将肥胖患者顶离地面，从他肚皮下边艰难地爬出来犟嘴道：“没有了，什么也没有了！你只配拥有那只又矮又大的圆圆的南瓜！前边开门，后边开窗，其余的全部砌墙！”

二

有什么东西在我面前晃了一下，眼前骤然漆黑一片，我使劲睁眼睛睁不开，脑门痛得厉害。终于睁开眼睛时，我站在竹林里，他们几个站在我边上。

在这个故事里我始终处于中心位置，至少地理上是这样的。然而我总感觉，我并不是真正意义上的中心，有什么东西暗暗地支配着故事进程及速度。它不是我，也不是这几个奇形怪状各放异彩的家伙，当然，更不会是竹林。不待事情理出个头绪，独眼用胳膊肘顶了顶我，无论从动作还是语气来判断他都很着急——

他说："走啊！"

我说："去哪里？"

"废话，当然是去看你的南瓜！"

"看西瓜行不行？"

我故意逗他，独眼的脸色由着急变得愤怒，简直能拧出一把苦水，我又补充说："南瓜这名儿太难听了，叫西瓜行不？再怎么着现在是夏天，南瓜是酷暑，西瓜听上去像初春的早晨，阳光和煦，微风轻拂，露珠儿一点一点又一点在草尖儿上反射洁净的光芒！"

本以为独眼会愤怒至极，可是他没愤怒，只露出一脸无可奈何，转头望了望另外几个人像在求助。没人理他，南瓜西瓜好像都引不起他们的兴趣。独眼满眼迷茫却没有绝望，他是独眼，迷茫占据活眼，绝望就没地儿可盘踞了，即使盘踞那只死眼，我们也看不到，所以，他肯定绝望了，尽管那只永远闭合的眼睛没有表达能力。

"嗨，"我说，"哥们儿，别迷茫，别绝望！"

"干啥？"他问道。

“没干啥，我叫你千万别不开心，本来好端端的一件事经你这样一晴转阴就不好玩了。”

他似乎明白了什么，敞开肚皮深深地吸了一口气，梦魇瞬间转笑颜，轻快地说：“走吧，看你的南瓜去！”

“西瓜！”

“噢，对，南瓜对边的那只瓜！那我们看南瓜对边的那只瓜去！”

在侏儒的带领下，我们走进竹林，顺着若隐若现的小路往前走。后来我回忆，我回忆得挺仔细，可我再怎么也想不起我们究竟拐了多少弯儿，左拐几个右拐又会是几个呢？

那真是一段奇妙的经历，我看见我走进浓雾弥漫的竹林和走出竹林，却不知道我是怎么在竹林中前行的。我站起来，把镜头拉近，一行几个人走出竹林，竹林边上有一片灌木，他们走进灌木，好不容易挤出来，他们走上草坪，他们纵身跃过水沟，他们来到一片坟地前，坟墓排列混乱像乱葬岗。莫名其妙。我转身问肥胖患者：“绕来绕去莫非你们就只想讲个寓言！”

他双眼呆滞，没说话。

我转身问侏儒，侏儒双眼呆滞，不过他在抽烟，脸上还略有些表情，他也没回答我。

独眼是我的稻草，我问他，他竟然两眼全瞎了，我说：“瞎子只意味着看不到东西，不是不能说话。”

他反驳我道：“瞎子什么都看不见，就什么也不能说啦！”

对吧，亲爱的观众，他们在玩寓言。

说了老半天了，我有些累了，也有点渴了，亲爱的观众，给我一杯水吧，请容许我喝点什么吧！我一累就想喝点什么，想喝点什么呢？我首先想到的绝对是酒，打从草原回来后，我就成了酒鬼，一天不喝个几盅浑身都会不舒服，从脚趾到手掌，从心脏到血液，似乎都需要酒精的滋润。我喝了一口，还不解渴，于是，我又喝了一口，我喜欢用虽然于是但是可是然而这些连词，是连词还是介词？连词！我伸出麦克风，你们都肯定它们是连词？既然那么肯定，那就当它们是连词吧。

不过这不好，我从来都讨厌寓言，我讨厌礼貌，讨厌混乱，讨厌规则，讨厌不规则。观赏寓言还不如欣赏童话，寓言既枯燥又乏味，寓言既矫揉造作又无真理可言，还是看童话去吧，充满天真、幻想、乐趣和优雅。当然，亲爱的，有时候它也是一个无比残酷的小小世界，地主总抢走我们家小姐！对吧，亲爱的，他们在玩寓言。

我说："南瓜，我的南瓜在哪里？"

他们捧腹大笑，他们笑得很癫狂，前俯后仰的，掉眼泪流鼻涕的，就算我上了他们的当，也不至于兴奋成这般鸟样，不就欺骗了一个人吗？不就是我上了当吗？可从始至终我都在怀疑，所以，从本质上来讲，他们没有成功，所以，更准确一点地说，他们失败了，因为我一直在怀疑。

不过，我讨厌被愚弄，我很愤怒，我非常愤怒，我愤怒到了极点，我尖叫起来，老子发疯了："白痴，你们妈的一群白痴！"

他们转大笑为咯咯笑，渐渐地平静下来。在揪头发扇耳光呕吐啃泥巴的万般努力之下，我终于节制住了内心的怒火。事情不会像我们想的那么简单，在没暴露最终的目的之前，我都应该保持拒绝与配合相结合的姿态，在他们的诱逼过程中反其道而行之达到我的目的。

其实，我的目的也很简单——就想看看那丑陋的、藏来藏去的最终目的罢了，毕竟我是个好人。见他们笑我也跟着笑起来，他们咯咯咯笑，我就嘿嘿嘿笑；他们嘿嘿嘿笑，我就抿嘴微笑；他们抿嘴微笑，我便笑不露齿；见他们脸露悦色，我立马严肃起来。

见我镇定下来，他们也严肃了。兔唇走过来问道："你真那么想看那只蘑菇？”

我点了点头。

“你真那么想？”侏儒插嘴道。

我又点了点头。

“可惜蘑菇太小了，你想住也住不进去！”独眼说。

“它小我就让我儿子住！”我狡黠地说。

那群怪物又一阵大笑，比刚才更甚，笑得人仰马翻，有的打滚，有的号啕，有的嘴巴里泡沫漫溢……莫名其妙。周围一片空白，没有山，没有树林，我站在空白里，任由他们嘲弄……笑了个开心。

独眼从地上爬起来，走到我面前，手指戳着我的鼻子说：“你儿子……哈哈……你儿子……哈哈……你有儿子？”

剩余的人跟着哗笑，做鬼脸，翻白眼，大拇指朝下屁股撅起冲天摇摆。

“有。”我脸蛋通红，耳根充血滚烫，“我有儿子，有两个，不止一个！”

“哈哈，你有儿子！”侏儒取代独眼，张开双臂，面向同伙戏谑我道，“听到没，他说他有儿子，不止一个还是两个！”

之后，大概他自己也觉得有点儿太过分了，不管怎么说我还没结婚，自然不会有儿子。

我的心情糟透了，我感到心脏杏子似的腐烂，从尖到根，从皮到核，一层一层，一圈一圈，蔓延腐蚀，果肉变成污水。他突然停止说话，对我做了个请的手势，结局即将到来，这便是我要的，世间事物万千，皆应有始有终有因有果。

三

我很累，我讨厌绕圈子，可我必须遵照进程，走出草地，越过水沟，我看到了那片乱坟岗。此外，坟地里也修了些房子，有的修在坟顶上，有的修在坟坡上，有的修在两座坟墓之间的沟里。一个个雨后蘑菇钻出地面似的立着，有大些的，有小些的，有的很细很高鹤立鸡群。

他们对我说："我们把房子给你搬这里来了，此外，还给你修了许多新房子，你一下子成了地主。"

我没回答，我不想说话，支吾一下也不想，我觉得他们太熟悉了，简直就是我的亲人。眼前的景象尖锐地刺痛了我，我愣愣地站在那里，看着它们……

等了许久，
秋天总算过去了，
冬天终于来了，
大雪将飘然而至，
大地将白茫茫一片了无天际。

陶老头

一

他们敲我的门，他们冲进来，他们围住我，六只三对眼睛盯着我，十分神气，其中一个伸长脖子说：“老头，还是你自己决定吧，去还是不去？”

这件事发生在昨天下午或者现在。傍晚微弱的光线从那扇唯一的窗户投进来，屋子不大，阴暗，潮湿。

“不去。”我开始打量他们，从上到下，再从左到右，都很熟悉。

最后我终于忍不住哈哈大笑起来，说：“你们不是土匪，也不是流浪汉，咱们很熟悉的嘛。”

其中一个，不是刚才说话的那一个，说：“废话，不认识你我们还找你个球，爽快一点，去还是不去？”

我说：“我想去。”

第三个人说：“那就走啊！”说着，他居然伸手来拉我。

我赶紧将手从他手里挣脱出来，搭在我腿上的衣服滑落到了地上，风冷飕飕地扑打在上边。我弯下身把它捡起来，拎在半空中，拍了拍，吹吹灰，盖到腿上对他们说：“很抱歉，我腿有毛病，走路不大方便，还是你们自个儿去好了。”

他们三个人惊讶地将头伸过来，眼睛瞪得更大看着我。

“真不去，我腿正痛得厉害。”

他们似乎不相信我的话，相互交换眼色，挤挤眼儿，又不约而同地扭过来看着我等我最后的答话。

“妈的，滚，滚开，我说不去就不去，都给老子滚出去，别做梦了。”说着，我一把掀开盖在腿上的衣服，衣服宛如一只大鸟飞到空中，展开双翅不带一点声音落在屋角里。

我说：“看吧，别不相信，我真走不动，腿上还有一打窟窿。”

可是，与我的愤怒不相符，更准确说与我的话的内容不相符的是，我的腿上并没有什么窟窿，甚至一个针眼都找不到，这叫我尴尬。

那几个家伙面面相觑，一个人说：“我就知道他还是老样子，几十年过去了他还改不了说谎的毛病。”

第二个人说：“差不多。”

第三个人说：“一点没变。”

第一个人又说：“不过，我倒挺喜欢他说谎的样子，要不我会觉得很陌生。”

第二个人又说：“对。”

第三个人又说：“行，我们不得不原谅他。”

这样一来，我真成了撒谎者，从他们的对话来看，我几乎撒谎成性，以前这样现在也这样。并且事实也与我说的腿上有窟窿恰恰相反，我不知道该怎么对付，只好站了起来，挥挥手里的紫褐色拐杖，对他们说：“走就走吧。”

他们仨相视而笑，一个个往门外钻去。最先出去的是个子高的那个，第二个是个子居中那个，最矮那个最后出去。他们都走了出去，站在屋外，排成一横排面朝门背向屋外空旷的广场。

二

天已经黑透了，广场上一个人都没有，灰白色的雾瀑布般一股股洒落。他们冲我招手说：“快呀，快呀，快出来。”

我对他们笑了笑，是那种界于大笑和微笑之间的笑，很勉强。笑的背后有着一层若隐若现的阴险和狡诈。我对他们说：“忘了一件事儿。”

“什么事儿？”

“忘了跟你们说，我少一条腿，而不是有什么大窟窿。”

他们似信非信地奔回来，双手挥甩得活像一群企鹅，左摇右晃。他们跑到我面前，一个接一个蹲下去，用手抚摩我的腿。我没穿裤子，只有腰上挂着一片遮羞布。

他们把两条腿都摸遍了，最后站起来，同时闭上一只眼一边往后退一边啧啧说：“都有热气，没一条假的，自然更不会少一条。”

高个子说：“他是不想去。”

矮个子说：“他又说假话。”

个子居中那个说：“没劲。”

我低下头，双手抚左大腿，石膏的冰凉顺着血管传过手腕，往手肘、手臂疯蹿，一下子传进我的手心。我又敲了敲，不，是用右手食指弹的，它果然梆梆直响，令我满意。

我抬头对他们说：“看好了，我真少一条腿。”

他们瞪大眼睛，眼睛闪闪发亮，相当有精神。

我双手捧住左腿，右手往左一推，左手往左一拉，腿就给卸了下来，倒在地上一声哐当。他们三个给吓呆了，瞪大眼睛，吐出舌头，口水顺着舌尖一个劲儿往下流。我高兴极了，因为他们所看见的，也因为我以真实否定掉他们对我撒谎者身份的界定。

我扔掉手中的拐杖仰头闭上眼睛哈哈哈大笑，笑过几声我睁开眼睛看他们。他们都不见了，我眼前只有虚无缥缈的白雾在变幻飘动。

我觉得我从没取得过这样的空前绝后的胜利，于是，我又大笑了两声，这个时候我因为少一条腿而站不稳，一蹶倒在地上摔成了一堆陶片。

偷窗户的人

一

我一个人住在一座大房子的第二层楼里，晚上，经常有风从窗子里吹进来，把开着的门吹过来嘭地撞上。这种响声总是叫人心惊肉跳，尤其是在风雨之夜。

客厅很大，折尺形状。起初寂静一片，只有蚊子飞动的嗡嗡声，之后我听到“嘭”的一声，第一扇门给撞上了，紧接着“嘭”第二扇门，“嘭”第三扇门，“嘭”第四扇门，“嘭嘭”第五第六扇门也给撞上了。

即使我是个胆子很大的人，独自在这么大的这么空落的空间里，也给惊得全身发麻起鸡皮疙瘩。于是我在各个房间之间来回跑动，关上一扇又一扇的窗户而不是门。关上窗子风就进不来了，门再也不会给掀过来掀过去发出嘭嘭撞击的响声。

我已经讨厌透了这种可怕的声音，我要杜绝它。关好卧室、厨房、饭厅、客厅的窗户后我打算把厕所的也关上，可是厕所是全封闭的，连一个针眼都没有，更没有一个窗户。但我还是关上了厕所的一样东西，我把厕所的电灯关上了。

这时候，厕所门呼啦一声冲我旋转过来，跟别的门毫无两样撞在门框上，“嘭”。撞在门框上后它又给弹了回去撞在墙上，“嘭”。弹回来“嘭”的又撞在门框上。我估计这和我关掉电灯有关，赶紧把电灯打开。

门已经旋转到再次撞击的中途，它减缓了速度，乖乖地轻轻地转回去，像小偷躲人一样贴在墙上。

这简直不可思议。我吐出舌头咬住，斜着左眼，伸出一只手小心翼翼地按住它，另一只手把灯小心地关上。我成功了，挂着笑容十分高兴地走出厕所。

接下来，我打算关掉刚才因关窗子而打开的饭厅和厨房的灯。

我走过饭厅走进厨房先把它的灯关了，之后走出来，把它与饭厅之间的门关了，再之后就关上饭厅的灯。这时候又一个奇迹产生了——我把灯一关上，高一米七的冰箱门自动打开了，我把灯打开它又自动旋转过去轻轻地合上。真是见鬼啦！

二

为减少这些莫名其妙的现象的产生，我打算让这些该死的灯都开着。我没关灯就走出了饭厅，穿过客厅来到电脑室。我在这里写作，我猜测这些怪现象也许与我那电脑和写作或多或少有些关系——我从电影看到了不少类似的玩意。

电脑好好地摆在桌子上，显示器大方而美观，主机也很大，装备齐全可以上网，可以打印，可以语音输入，可以放 DVD，没什么异常，主机风扇的转动声平稳细小。这叫我松了一口气，轻松地拍了拍主机。电脑说：“不是我，有人偷你的窗户。”

这次我是真吓坏了，赶紧跑进卧室，跑到窗子边上，窗户完好无损，也许在别的地方。我赶紧跑进书房，书房里也没什么异常，玻璃还是玻璃，窗框还是窗框。我跑进健身房，健身房的窗户也是好好的。最后，我想到了客厅。我跑出健身房跑到客厅里，冲到窗户前，果然有一个人蹲在那里，他正好取下一块玻璃往他脚底下的雨棚上放。

我很愤怒，没给他那脸皱纹一点面子，也没尊重他稀稀拉拉的花白胡子，挥手冲他吼叫道："你在干什么？谁叫你取我的玻璃，你这小偷！"

他给吓愣了，但时间不长，他赶紧狡辩说："不是你叫我来帮你去掉这块玻璃的吗？"

这回轮到我犯糊涂了，瞪大眼睛，盯着他看上好半天，皱眉说："你看着我的眼睛。"

他抬头依照我的要求看着我的眼睛。

我问："你看我像不像神经病？"

"不像。"想了想他又说，"像，不过不像比像的成分多一点。"

"那你还不快滚！"我冲他歇斯底里地吼叫，"不滚还等着干吗？"

他看了看我，露出一脸的蔑视，眼睛里充满了绝望，抱起脚下灰巴巴的玻璃，一抬脚就往雨棚下边跳去。雨棚有四米多高，居然没摔着他。

落地后，他头也不回地不顾我的高声叫嚷一溜烟跑到对面的马路，蹿进对面居民楼里的小巷，蹲到地上，变成一只身体长满绒毛的巨大的蚊子。他的背上长出一对透明的翅膀，扇动着一个弧线冲进天空里，盘旋一周向我这里看了看，掉过头一扇翅膀便飞进远处的天空消失不见了。

三

这时候，风又刮了起来，刚停歇的雨也下了起来。我背后又传来了"嘭嘭"的门撞在门框上的巨大的响声，从东边或者南边。我从一间屋子跑到另一间屋子，从饭厅跑到厨房，又从厨房跑进厕所，关上一扇门另一扇门又给风吹动起来撞出"嘭"的一声，刚关上这扇门，那一扇门又向墙壁或者门框扑了过去。

风从窗户吹进来，呼啸得更加厉害——所有窗户的玻璃都被人偷去了一块，都是左边第一块。此外，他们还烧掉了纱窗，把纱窗烧得干干净净才是他们的真正目的。

我恨透了这帮家伙，但是我却不能报警。当警察来的时候我怎么向他们诉说这件奇怪的事发生的过程，以及怎么向他们解释这些绝不会被人相信的作案者的身份呢？

公话超市

一

四周有无数房子，每一幢都是六层，小楼外立面已因为灰尘和雨水的作用变成了灰色，很难再看到白色。这时候天下起雨来，雨不算大，但是足以淋湿人的头发和衣服。

我拉着她的手赶紧往小楼的方向跑去。我们先是跑进一块地里，地里种了些庄稼，绿色的，还不及我的脚踝高。我拉着她的手转了一圈没找到有什么可以避雨的地方——因为我没看见这块地里有半点干燥的地方，于是我只好拉着她的手继续往前跑。

她开始说话了，她说这里有很多楼房。是呀，奇怪的是都是空楼，好像里边从没住过人，窗户上没有窗玻璃甚至窗棂都没有，似乎刚建完还没来得及装修就给人遗忘了。

这一幢幢间距相等矗立在这块不大的山包上的楼房叫我想到了公墓。离我家不远的地方就有一块公墓，墓碑一块接一块，远远看去那整座山头都是密密麻麻的白色石碑。除此之外是坟与坟之间栽种的树木，郁郁葱葱。

我拉着她的手继续往前跑，跑过那块地，跑到一块半腰高的土坎下。这里有两块蒲扇般大小的干燥之地，不过要遮蔽一个人不让雨水淋湿几乎是不可能的。我有些慌乱了，生怕她给淋坏了，生了病。

我说：“现在怎么办？”

她说：“把我的手拉紧点，我想去打个电话。”

这样的地方哪去找电话，何况我的手机也不知丢哪儿去了。她看着我嘻嘻地笑起来，笑容里依旧溢出她笑时才能露出来的特有的一点点的忧伤。

二

“那幢楼下不是有电话吗？还是公话超市。”

她跑到公话超市前，仰着头一个劲儿地看人家招牌上的那一串串号码，还从耷拉在屁股上的休闲包里掏出一支笔，在手心里不住地写起来。抄到第三个号码的时候，招牌上的号码给雨水淋着了，渐渐模糊起来，很难看清。雨水淋进我的眼睛里，十分难受，于是我伸手抹了一把脸。

“你不能这样抹，你应该一直让雨水淋着。”

“为什么？”

她看看我，嘟起嘴指指招牌的方向。悬在半空的那块招牌突然不见了，底楼一间间的屋子里都空荡荡的，什么都没有，包括那个公话超市。

“没什么的，反正昨天我从这里过的时候抄下了牌子上的后几个数字。”说着说着，我从衣兜里掏出一张纸递给她，她没接，出神地望着右边那幢楼。刚才我们还说它里边一个人都没住来着，可是现在它里面却住满了人。抽油烟机飞快转动，青色油烟飘出厨房的窗口，窗棂上满是油污，黑色，油腻，很多年没清洗过一样。

“奇怪了。”

“奇怪什么呀？”

“刚才里边还空荡荡的一点住人的迹象都没有啊。”

"那又怎么了？"

"可是现在里边却住满了人，像一座贫民窟，人口密度出人预料地大。"

"那当然，这又有什么好奇怪的。"

"可是刚才里边还空荡荡的。"

"也许他们刚搬进来，也许，这种可能也成立，刚才你眼花，没看清楚。"

"也是，最近我的眼经常疼痛。"

"我也是。"她一边说一边在包里不停地掏着，焦急地找着什么。

"找什么呢？"

"真够笨蛋的，里边装着一把伞我都给忘了，你看我这记性。"

掏了半天仍然没找到任何东西，她把包从脖子上取下来，拎着包底把它翻了个底朝天，唇膏、眼影、眉笔、小镜子、手机和一些奇妙的珠子掉落一地，最后掉出了一把小伞，伞有拇指那么大。

我蹲下去捡起来，递到她眼前。

"是不是这个？"

"对对对，就是这个，我找得好辛苦。"

"这么大一点怎么用？"

她没搭理我，像撑开一般的雨伞那样一手把着伞柄一手推动伞架，伞架给撑开了，逐渐变大，越来越大，最后变成一张平常大小的伞。她兴奋地把伞扛到肩头。我也走了进去，雨声一下子消失了。从伞沿下边看过去，那些灰色的楼房也消失不见了，只有一块光秃秃的山包立在那儿，上边长满了枯黄的草。

三

我伸手去拉她的手，她把手缩了回去，挤挤眼，做了个可爱的鬼脸，她做任何表情、做任何事、说任何话我都觉得理所当然。拉不着她的手，我又去挽她的腰。

“我长胖了。”她说，“最近，这也许是打电话打多了的缘故。”

她又说：“我们刚才做什么来着，觉得挺好玩，但是一下子给全忘了，不知道做了什么。”

我说：“我们先是来这里避雨，之后我们发现那些楼房都是空的，里边没住人，很奇怪。再之后你说你要打个电话，于是我们开始找公话超市。找到公话超市后你开始没完没了地抄写招牌上的电话号码，之后发生了一系列很奇怪的变化。”

“什么变化？”

“所有的一切都变了，前边的空楼里住满了人，公话超市的招牌一下子不见了，超市也不见了，最后你在你的包包里找到了一把小雨伞。”

“就是我们现在撑着的这把？”

“对，就是我们现在撑着的这把。”

“可我包包里有手机。”她掏出手机拨了个号，放到耳朵上说，“把我抱紧点，即使我们还不大认识，这样暖和。”

铁牛

一

吃过午饭，我骑上自行车去看我妈妈。她住在离我很远的地方，我只去过那里两次，但是路线却被我记得牢牢的。这都怪我是个聪明的小伙子，甚至有点聪明过了头，叫很多人心生嫉妒。

我提着自行车，下了楼，还不等走出通道，就抬腿骑了上去，歪歪扭扭地骑过通道，轧过那层薄薄的铁门槛，前轮落到阶梯上，一蹦一蹦地把我的屁股都抖痛了。蹦完那三级该死的阶梯，冲进楼前的小坝子里，穿过那片草地，草长得稀稀拉拉的，很是招人生气。

这样我就上了正路。路是水泥铺就的，很平整，再加上我的车有八成新，所以，我超过了一辆又一辆自行车，不到十分钟我就拐了一个弯。这个弯是个很重要的标志，不单因为这里是个岔路口，还因为绕过这里就标志着我走完了三分之一的路程，只要再绕过这么一个弯我就可以看见那条直接通往我妈妈家的长满垂柳的路了。

二

在这里，我还超了一辆拖拉机。刚一超过它我就回过头，一脸蔑视地冲司机眨了眨眼，回过头更加用劲地踩着。我真想不到，这条路上居然还有拖拉机，为什么还是最最老式的只有四个轮子的拖拉机？

这个时候，我的自行车链掉了，关键时刻，它从来都不是争气的东西。我只好跳下来，把车放倒在地，蹲到地上，撅着屁股，想把车链弄好。车链锈迹斑斑，搞了我一手的锈，它已经很久没上油了。

拖拉机从后边追上来，在我面前喷出一口黑烟，一些黑烟喷到了我脸上。

“你找死啊！一堆烂铁还好意思在大路上跑，要是我的我早把它扔到坡里去了。”

司机没搭理我，把车开得更快，喷出更多黑烟，把路右边的空间都染成了乌黑色。我赶紧推上车，疯跑几步，抬腿骑上去，咬住下嘴唇追赶拖拉机，我要追上它，把司机骂个狗血淋头。

拖拉机正在爬坡，这里是路程三分之二的标志，我很轻易地就追上了它。我并着它一边踩脚踏板一边说：“你搞锤子！这破玩意还好意思拿到马路上来开。”

司机没理我。

我说：“你晓不晓得你这玩意很讨人厌，刚才喷了我一脸的黑烟。”

他没理睬。

“老子跟你说话你一点都听不见吗？你老娘把你的耳朵放到你屁眼里了吗？”

他居然还是没理我。

这回，我真的愤怒了，朝他的脸啐了一口，可惜啐得往前了点，口水飞过拖拉机的烟囱。

哈哈，奇迹，真是奇迹，口水居然依然打在了他的脸上。他给我的口水吓坏了，空出一手在脸上抹了一把，迅速把手放回扶手上，加大油门开得飞快。

我又向他啐了几泡口水，但是它们都落在了车厢里或者给风吹回来打在了我自己的脸上。

它加速，我也加速，它爬到坡顶，我也爬上了坡顶，它翻过坡顶又一次加大油门向坡下蹿去，这回他是铁了心想把我甩掉。于是，自行车的脚踏板被我踩得快崩溃了，一阵风似的超过了它，飞机俯冲似的朝坡底扎下去。自行车跑得太快了，刹车也有点问题，我的车越来越快越来越快呼啸着冲到坡底。我踩都没踩一下一昂头又冲上了下一个坡顶。

我回过头，那辆拖拉机在前一个坡上掉过头，老牛一般喷着黑烟往坡上爬。我一直讨厌没有幽默感的人，不想再理它，回过头继续奔向前边。

三

绕过一个弯，我终于看见了段笔直的两边长满了郁郁葱葱垂柳的水泥路。我一边往前，一边看那些垂柳。垂柳都不高，高的不过四米，矮的不下三米。看完垂柳，又到一个弯道。可是我不需要再绕一个弯儿了，只需要往右一拐穿进另一段狭窄的路，钻进绕城高速立交桥的桥洞，再翻过一个小坡就是我的目的地了。

翻过那坡，翻身下车把车头靠在左腰上，我才发现这里不过是一片荒地，地上长满了杂草，草里边有些砖块。也许是因为下了雨的缘故，砖头一块比一块湿润，上边长满了青苔。

我不知道问题出在哪里，我依然断定我找对了地方。这个立交桥洞，这排绿油油的垂柳，这个坡和那个坡都准确无误地在路上。我拍了拍额头，额头上的青春痘还是五粒，一粒也没少。最后，我咧嘴摸了摸自己的犬牙，它们还是老样子，尖尖的，很扎手。

我没发烧也没做梦。为此，我只好推着车，掉头往回走。我的电话本忘在屋里了，我需要跑回去才找得到电话号码，才能打电话问我妈妈她具体在什么地方，是不是在这地方。

这回，跟上次不一样，我是先坐到车座上，才抬右腿踩到脚踏板上，身子往前一倾咬紧舌头使劲一踩，车跑了出去。我再一次穿过立交桥桥洞，再一次穿过那段长不足百米、宽不足五米的小路，往左而不是往右拐，拐进了那段长满垂柳的路段。

四

其实，说了这么半天，我真正想说的是这里。刚要把那段长着垂柳的路骑完的时候，我看见前边两米远的路面上有一只甲壳虫。

我不知道你们怎么叫它，我们叫它天牛或铁牛，前一个名字的来历和它一直住在树上有关，而后一个名字自然是因为它长着一身坚硬的甲壳，有一对坚硬而锋利的齿。它需要咬什么东西的时候，牙齿总是一张一合剪刀那样咔嚓咔嚓响。要是给它的钳子夹着了，你的手指头少不了流出或多或少的血。

小时候我们很少能抓到它，一是因为它出现的时候并不多，二是我们还小，怕被它咬着。不过抓到一只铁牛绝不亚于得到一次老师的夸奖，是值得炫耀的事。要是几个人同时抓到了几只铁牛，我们就聚集在一起，把它们扔进一个很小很小的东西里，比如罐子、盆子，看它们搏斗，跟斗蛐蛐类似。当然，有时候我们索性把它们扔在地上，随它们乱爬乱咬。

我心里突然冒出轧它一轧的愿望，想只从它的头顶上轧过去，恰好轧掉它那两只长长的从眼睛上方直伸到空中又向前弯曲的触须，而绝不伤及别的地方。

我调好方向和速度，车轮缓慢地向它滚去。我是看准了的，会刚好轧掉它的触须，那对长长的触须。令人遗憾的是，它也许感觉到了危险，往前爬了爬。它这么一爬，车轮会从它的肚皮上滚过去，轧出不大的肚皮破裂的一声响。我只好把龙头往一边转了转，从离它屁股不到三厘米的路面上轧了过去。妈的，没能轧着它的触须。

车已经骑出好几米远。我掉转龙头，艰难地踩着脚踏板，不能太快也不能用劲太猛，否则我会一下子又骑出很远，绕很大一个圈子。

我把脚踏板踩了又踩，前轮转了回去，后轮也跟着转了过来。前轮已经靠近它的头部，离它的触须也不怎么远了。于是，我邪恶地笑了笑，看准它的触须再一次轧了过去。它没动，把头往脖子里一缩，车轮正好从它触须的影子上轧了过去。王八蛋，搞得我差点摔了下来。

我不会甘心，想做的事做不到我从不罢休。往前骑出大约十几米远，我突然感觉到了兜大圈子的乐趣，很轻松、很自由、很放纵，一扭龙头踩了回来。轮子的阴影已经轧到了它的触须上，再往前一踩，终于轧着了。

车轮顺利地从它的触须上轧过去，一点颠簸也没有。骑出几米远我才脚尖点地，回头关心它的安危祸福。它的触须给轧掉了，可是只有五分之一强的触须在地上蚯蚓一样地扭动、翻转，还有五分之四弱的触须依然挺立在它的眼眶上，顶端噙出透明的汁水，一只触须上一颗，随时可能掉落在地。

这很操蛋，不是吗？这没能达到我预期的效果，没全把它的触须轧下来，我的行动就是失败的。

这是第四次了，我双腿叉在地上，双手抓住车龙头，把车提起来，转过去再一次把右脚踏到了脚踏板上，身子略往前一立再一倾，车子就骑了出去。它横挡在我预设的轨道中央，两只触须滴溜溜旋转着。

轮子靠近它了，四米……三米……两米……一米……零点五米……零点三米……二十厘米……十厘米……三厘米……两厘米……哈哈……

哈，你这个傻瓜，它居然公狗撒尿似的抬起一条腿对准我的车轮想抵挡我的辗轧。可是我的乖乖，我还不想轧死你，我只想取你两条触须，除此之外再也没别的愿望。

它逼得我把车轮往左一拐，我的老天，我把它的下颌轧扁了。它一下子没了下巴，很是难看。如果人要是给轧成这个样子，无论吃饭还是喝水，撒尿还是抽烟，拉屎还是吃饭，都得出一只手托住下巴，否则下巴准会啪的一声掉到地上，摔个稀巴烂。

也许是给钻心的疼痛撅住了，它立马扬起脑袋，左扭右扭又左扭又右扭，看上去很可怜。刚把车龙头掉过去，我就改变了主意，我厌倦了这徒劳无益的傻劲，这次我只想轧掉它一条腿，只轧掉一条我就扔下它，任其自生自灭。三对腿，前边脖子上一对，后边肚皮上一对，中间脖子上一对，我想轧掉它中间那对，对，就是刚才它抬起来指着我撒尿的那一条以及跟它配对的另一条。

我说："我就要你中间那一对，把那一对给了我我就不纠缠你了，任你自生自灭去。"

我的乖乖，话刚完，它就老老实实地把那一对伸了出来，使劲往地面上压，使其离它肥圆的肚皮远一点不会伤害到肚皮。话一完，我踩动脚踏板冲了过去。

这回，这个世界竟然清风一样美妙，我整个人甚至连带自行车都飘起来似的，浑身风过树林似的哗哗啦啦响。轮子发出转动的清脆的声音向它轧了过去，只听见很小的一声碎裂声，就从它的两条腿上边轧了过去，滚动出几米远。

我把脚伸出去踩在地上，停住车，给它一个飞吻说："嚯，哥们，一切都过去了，我真的要走了！"

我再一次把车龙头掉过来，屁股坐正，腰身摆直，抖擞抖擞精神，眼睛向上冲老天爷翻一个白眼，吹响口哨，腰往右一扭往前一弯左肩膀往后一摇就驶了出去。它的下颌靠在地上，尽管它的触须依然还在灵活地滴溜溜地旋转着，上边也还吊着那两颗透明的玩意儿，可是它一点也动弹不得了。

叭，哦，我的哥们，真抱歉，这才是最后一声——你的触须还是给我完完整整地轧了下来，掉在了地上——我的车已经驶出很远我才扭头看见。

告别

一

毋庸置疑，在全世界范围内，毕加索都是个家喻户晓的人物。而他的老乡，萨尔瓦多·达利在世界绘画史上的名气，与毕加索相比毫不逊色，甚至在很多场合达利竟占了毕加索的上风，令我们的立体主义祖师羞涩不已。

经详细统计，临死前，也就是截止到1973年春天之前，自结识达利以来，毕加索曾被达利羞辱过三次。尽管这些羞辱都恰如玩笑，而敏感的毕加索还是牢牢记住了它们。达利说：

毕加索是西班牙人，　我也是。
毕加索是天才，　　　我也是。
毕加索举世闻名，　　我也是。

为了避免死不瞑目，为了能安静地长眠于地下。1973年春一个阳光灿烂的上午，毕加索给达利写了一封热烈而友好的信。在那封信里，毕加索高度赞扬了达利，他称达利是近几个世纪来，唯一一位使全世界画家都黯然失色的西班牙人。他写道："萨尔瓦多·达利，你为西班牙人民带来了无限崇高的荣耀，这种荣耀与塞万提斯给西班牙带来的荣耀堪称伯仲。"

被扔进邮筒三天后，信就飞到了萨尔瓦多·达利的手里。当时，达利正坐在自己画室里。和煦的阳光从窗户投射进来，倾泻了一地。达利正思考着如何制作他的青铜雕塑作品《长颈鹿维纳斯》。接过信，达利双眼充满了疑惑，抬头望望妻子卡拉，便低下头拆开信封阅读起来。

毕加索的信很长，读到第三页的时候，达利就已经有些厌倦了。达利对卡拉说，毕加索真是个讨厌的人，他坚定的政治立场比他的画令人厌倦，而他的信比他的政治立场更令我感到恶心。卡拉是个温和的卓有远见的女性，当年正是她的远见使她意识到萨尔瓦多·达利是位旷世奇才，才毅然抛弃了诗人艾吕雅将达利揽进自己怀抱，远离了诺贝尔。

见达利对毕加索的信心不在焉，卡拉巧妙地提醒达利说："你至少应该看看最后一段，毕加索先生写信给你，也算是我们的荣耀。"

按照妻子的意思，达利把信翻到了最后一页。信的最后一段很简单，并且仅仅只有一句话：

亲爱的萨尔瓦多·达利，我期望着在辞世之前能有缘与您再见上一面。

这句话击碎了达利对毕加索多年的厌恶。达利这才意识到，其实过去的那么多年里，他一直热爱着这个叫作毕加索的画家和他的画，犹如毕加索深爱着他萨尔瓦多·达利的画和人一样。

见达利的脸色突然由红润转变成了青灰，平静的声音略显焦急，卡拉问达利："亲爱的，发生了什么事？"

达利说："我得马上出去一趟。"

达利的反常惊坏了卡拉，她突然拔高了嗓门，声音嘶哑："究竟发生了什么事？达利，我跟你说过，无论遇到什么事你都不能慌张。"

“我得马上去毕加索那儿，没准我们还在奔赶的路上他就已经离开了人世。”

达利有些语无伦次，手势也不对劲，甚至有些精神恍惚。

“在信里，毕加索说他将不久于人世了。”

这个消息对卡拉来说，也是天大的噩耗。因为她深知，没有毕加索的存在就没有达利的辉煌。两只老虎只有在同时扑向同一个女人的时候，才能迸发出自己的最大潜能并且将这一潜能发挥得淋漓尽致。（见达利的《醒前瞬间因一只蜜蜂绕行石榴树而做梦》）

死神奴役掉毕加索，也就意味着达利一半的身体被埋进了地底。所以，当达利换好衣服，憔悴地走进花园时，卡拉已经备好了马车。拉车的是两匹红棕色大马，尽管1968年人类已经登上了月球，但是怪杰萨尔瓦多·达利还是延续着古老绅士的浪漫主义做派。

搀扶卡拉上车后，达利绕过马头，手脚迟钝地爬上车，挥动马鞭将马车赶出花园，跑上乡间小道，向毕加索家的方向驶去。

二

测定萨尔瓦多·达利的家与毕加索的家之间的精确距离非常难，这个难度源自我们谁都无法断定毕加索和萨尔瓦多·达利的艺术造诣孰高孰低。所以，我唯一能选择的叙述方式是，两位大师的家之间的距离，我们可以忽略不计，因为在赶往毕加索家的路上，除了看见盘旋于天际的西班牙鹰长着一对漂亮的小乳房之外，萨尔瓦多·达利再也没有撞见过任何值得回忆的东西了。他的全部注意力都集中在了驾驶上，他全部的力量都耗费在了挥舞马鞭上，他的每一次心跳都是为毕加索祈祷。

春光普照。树已经抽芽，其中以柳树最盛。萨尔瓦多·达利驾车所驶过的道路两旁无不是柳枝弯垂缀满了浅绿色芽儿，远处近处山坡田野金黄的油菜花、铅灰色池塘、蝴蝶和麻雀，偶尔还能看见一只蜻蜓，红色或者翡翠绿。卡拉为这春天激动不已，但是，她始终抑制住大声呼喊的欲望，目视前方，优雅而安静地坐在达利身旁以示安慰。

翻过爵士保罗山，驶进并穿过林荫小道，达利停下了马车。

与达利的大公寓相比，毕加索的家颇显寒酸。独幢小别墅外加屋前小花园，花园长宽均不足十步，很小。除了三棵罗兰荆和西北角那张水泥圆桌外，全是草皮。入户小路由不规则石片铺成，将花园对分为二。

把缰绳交给卡拉后，达利伸拇指和食指将尖翘的小胡须往两边分别捋了捋，踏上了花园小径。迎接达利的是一条拉布拉多犬——它从门厅里一蹭而出，落地站稳，跑过来蹲坐在达利面前，摇尾舔了舔达利的手指，带领达利跨上台阶进了屋子。

屋里光线黯淡，视觉效果非常差。尽管他是位视觉专家，尽管他瞪大眼睛死盯着地上那些跳来跳去的玩意儿看了许久，达利仍没能分辨出它们是些什么东西。毕加索的声音从昏暗的角落里传了出来。

“是达利，是萨尔瓦多·达利吧，亲爱的。”

“是的。”达利回答说。

“我都快认不出你来了，达利，这么些年都在做些什么呢？”

话音刚落，屋里突然有了光，骤然而至惊着了达利。但是，他很快就回过了神，边扫视屋子边说：“毕加索，你的刁钻古怪一点不减当年。”

毕加索瘦小如骷髅，双手抱膝全身紧缩在墙角里。达利刚才的话逗得毕加索开怀大笑，他说：“达利，卡拉依旧貌美如初吧，她曾是一位多么罕见的优雅的贵妇人，想想都叫人开心。这就是这次我骗你来这里的目的。”

“什么目的？”

"想问问当年你是怎么从艾吕雅手里把卡拉给骗走的，他可是诺贝尔小姐的宠儿，尽管当年艾吕雅的确表现得很不中用。"

达利没有回答，向墙角走去，弯腰搀起毕加索，（达利感觉毕加索轻如画笔，他向哪里挥，毕加索就往哪里扑）将毕加索扔到床上。

"毕加索，我警告你，我萨尔瓦多·达利饱受万物的影响，但是没有任何东西能改变我。尤其是你。是我照耀了你，给予了你光芒。"

毕加索欲抬手反抗，拳头或者别的方式，击打达利的脸部和可以击打的任何地方。但是他最终放弃了，手指天花板说："死亡是残酷的，达利，你正看着我死去，就好像当年我看见的那只兔子。"

毕加索的话使达利彻底失去了耐心，坐到床头抱过他的头放到自己的腿上。

"达利，我的死亡经验要比你多一点儿，我的画是捕梦而你的画恰恰相反，我们俩只有我才在冥冥之中窥见了人类的秘密。"

三

卡拉还一个人在屋外。不知道现在她在干什么，是静静地守在马车前，还是坐在车上？当然，她也可能把马拴在树上，随意走动去了——乡间小路上或者毕加索的花园里，要么在不远处山坡上的羊群之间漫步徜徉。羊群宛如朵朵浮云，在鹅黄绿的草地上缓慢移动。

达利深呼吸了一口气，以缓解刚才过分紧张的气氛，高声说："我扶你到外边走走吧，这几天太阳很好，是真正的春天了。"

"扭曲事实是你的惯用伎俩，达利，你的眼睛还看得到春天看得到阳光是天大的奇迹，这使我备感欣慰。"

"卡拉在屋外等着我们呢，我想你不想把她扔在那儿不管吧，你抓紧我的手，我搀你出去走走。现在，你急需要活动活动，呼吸呼吸新鲜空气绝不是坏事。”说着，达利又开始去扶毕加索。

毕加索领情了，他坐了起来，浑浊的眼睛有了光泽，把右手伸给达利，抬腿下床脚插进了鞋子里。

“你打算把我带到哪儿去？”

“哪儿也不去，就在外边走走，在你的花园或者小路上，我们也可以走得更远一点。我是说要是你同意的话，我们可以登上我的马车一直往前，到河边或者山坡上都是轻而易举的。”

“那我们是不是应该去拜访拜访死神，达利？”

毕加索异常兴奋，居然推开达利手舞足蹈转身面对达利背朝花园。

“死亡这个小可爱，是个淘气鬼，对吗？达利，他与魔鬼同在，他总是面带笑容坐在魔鬼肩膀上不是在右边就是左边，我看见过，不止一次看见过。”

说到这里，毕加索转过身迈开大步朝花园走去，兔子给吓得满地乱蹦乱跳，一只兔子竟然跳到了床上，有两只先于毕加索跃过门槛，蹦进花园蹿进木槿丛不见了。

达利拿毕加索毫无办法。达利跟了出来，卡拉和马车都不在。要是卡拉在的话有多好，她一定能收拾好这个该死的局面，她能为我解决掉一切我不擅长解决的问题。

毕加索诘问道：“我什么都没看到，难道你想以此来证明我们都是超现实主义者？”

达利还没来得及回答，毕加索恶狠狠地说：“你热爱的是妓女，萨尔瓦多，我却对兔子充满了感激，因为是它们使我窥见了死亡的秘密。”

“蠢材，不，你他妈的是头蠢猪。”达利咆哮起来，“在娘胎里我就意识到了我的存在，天才萨尔瓦多·达利才是唯一的超现实主义者。”

如果不是卡拉及时出现，达利还会继续咆哮下去。在卡拉的帮助下，达利把毕加索扶上了马车。之后，他们驱车朝不远处的小山坡驶去。

车停在山坡下时，毕加索已经不行了。达利本想驱车求医，为毕加索争取最后一线生机。但是他被卡拉和毕加索共同制止了。

遵照毕加索的意愿，卡拉留在了车上，只有达利搀扶着他艰难地往坡上爬。

“很久以前，在我很小的时候，有一次，我坐在草地上，看见两只蝴蝶相互碰撞，各自身上五彩缤纷的粉末粘到对方的翅膀上，随后它们继续振翅飞舞。而我却把这事忘得一干二净。”达利贴在毕加索耳边说。

爬到快一半的时候，毕加索倒在了地上，鲜血从他嘴里喷涌而出。

临死前，毕加索如愿以偿地看到了家乡和萨尔瓦多·达利的全部，并且将鲜血喷到了达利身上，而更圆满的是在他断气的那一刹那卡拉依然安静地坐在马车上没有受到任何的惊吓。

午夜列车

一

火车鸣过三次笛，阿J又听见敲门声，敲得非常急切，外面的人一边把门敲得笃笃响一边喊：“时间到啦，你还磨蹭什么，不然今晚的火车又要被你耽误了。”

阿J没理会这个肮脏龌龊不知羞耻的老无赖，继续干自己的活——雕刻手里的那只泥人。

每到半夜，老头都会敲他的门。并且，他还一天到晚坐在阿J屋外不远的地方，以近一段时间太阳特别好在那儿晒太阳为由监视阿J的一举一动。他时不时往屋内偷瞥几眼，心中积压着无可奈何的焦虑。

过去几天，一旦从窗户发现不了阿J待在屋内的迹象，老头便会立马飞奔过来，一脚踹开阿J的房门。每次门开后，他都看见阿J待在屋里，于是每次他都一句话不说，满脸尴尬地离去。

为使老头坐安稳一些，使自己工作的环境安宁些，阿J特地将桌凳挪到窗前，同时给座凳的八只脚分别加上一个高跟儿。这样，他趴在桌子上工作的时候，老头可以从窗户轻易看见他，还可以看到他的表情。

二

两个星期以前，阿J收到一封匿名信，来信告诉他，这儿是他进行创作的最佳地方。他是一个相信神秘的人。在他看来，那封信好似上帝冥冥中的某种暗示。信上要求他坐着一辆马车去。然而，在阿J所在的城市里，寻找一个靓妞十分容易，寻找一匹真正意义上的马却是天大的难事。

经过几夜反复思索，阿J在城市的所有街角、电线杆和公共汽车站牌上都贴上了求援信息：

本人急需一匹马

尽管已经过去了一星期，仍然没有人帮助他，哪怕是提供一条关于马鬃的信息。其间有一个老汉拿着贴出的某张纸找到阿J，他说：“看你的样子嘛，地址或电话号码你都没留下，你怎么可能得到好心人提供的有关马的信息呢？”

阿J说：“那正是我的目的，如果我把地址交出去，得到一匹马不是太容易太简单了点？”

见阿J这么一说，老汉愤愤地啐出一口痰，痰啐在阿J的鞋尖上，走了。

阿J是一个懒惰的人，一有空隙就爬上床，闭眼欲爬到梦里去玩。只是梦与他一直不太有缘，一年三百多个日子里，他能做上一两回梦就算很不错了，所以一年里即使只有两三次噩梦或美梦，他也会感到满足：这一年真是没有白过啊！

可以这么说，在马的事情上，阿J相当幸运，甚至他自己也不得不猜测这是上天在暗中指示他实现这一次不远却非同小可的迁徙。当天晚上，他梦见一匹灰白色大马从白雾中奔跑出来朝他跑过来跑到他面前停下，它的屁股上贴着一张写有“市动物园”字样的标签。他醒来后就是凭借这个标签找到灰白马的。

睁开双眼，阿J听到院子里似有匹马嘶鸣。他飞快奔跑出去，跑到马头前，脱下衣服将马头蒙住，在它鼻孔、眼睛、耳朵的地方用小剪刀分别剪出一个小洞让鼻孔、眼睛、耳朵从洞里露出来，好使马瞪大双眼可以拉着他肆无忌惮地奔跑又不至于因为它也许会发出的叫声被城里某位梦游居民觉察。

他选择从东大门出逃。因为这条出城的道路偏僻异常，夜里少有人出没。逃出东门，他按照信的指示，朝猎户座中的某颗一等星所在的方向前行。不久，天突然黯淡下来，最明最暗最浓最淡的星星和月牙儿都隐没进云层。

阿J迷失了方向。他只好抖动马缰在无边的黑夜里疯跑一番。他坐在马车的前端，身后是几件行李：一只木箱、几捆破书、一桶白酒和一堆胶泥。后来，不知不觉中，阿J睡着了，所以他不可能记下他到达屋子的路途。

醒来时，信上所说的小屋奇迹般显现在阿J眼前，而马车上的所有家什除那堆胶泥之外都不见了。他睡在距离屋子不远的草丛中。

三

到这里的第三天，阿J才发现这里除他外还住着个老头。他走过去欲主动搭讪，毕竟，老头是这地的老居民，同时，阿J对老头的面孔很好奇。

老头的面容模糊不确切。因此，阿J对他的记忆近似对某片雾的记忆，如果看不清楚一个人准确的颜容，即使和他见面分手不到三分钟，阿J

就会复述描摹不出他的样子。老头面容的模糊令阿J分外失望甚至愤怒，他没和老头说话，索性钻回屋子不再理他。

也许正是阿J不理睬老头，老头才一直监视他的一举一动。

老头还在敲门，门都快被他敲碎了。屋顶梁子里的蛀虫掉下来，洒落一地。门一条缝一条缝地龟裂。正如他希望，最后，老头一脚踢破了门。你别以为他年纪大动作就迟缓，没想到吧，他竟如此灵活敏捷。

老头猫身从破洞处探进头，张望一阵说："抓紧点，火车鸣过三次笛就要开走啦。"

火车站与阿J住处相距不到两里地，是一个小站，上上下下的永远是那个戴黑帽子穿黑大衣提黑皮箱的男人。他的面庞也是模糊不定的，每天夜里他从这儿赶火车出去，在天大明之前赶回来。

他也许是山里某煤矿的矿工，当然，也不能排除他每天夜里出去干些见不得人的勾当，比如偷盗，比如杀人越货。从他脸上唯一清晰的三道刀痕来看，他更像一个职业杀手。

在城里居住时，阿J经常听到有关职业杀手出没的传闻。据统计，这座不大的城市里活动着三十一位杀手，他们没有明确的杀人准则和目的，个个残忍无比。有时他们杀老人，有时他们也杀像他这样的艺术家，倘若他们哪天晚上运气不佳，阴暗角落里连人影也没一条，他们便各自杀掉一只猫挂在沿街的路灯上。他们可怕的行动好像一夜无声细雨覆盖了城市所有街头巷尾。清晨，人们一起床推开窗就进入一个陌生的恐怖世界。

阿J跟着老头向火车站跑去，原本，他是可以拒绝他的。今晚，他没有拒绝老头，原因有二：

一、每天晚上，他都被老头折腾来折腾去，实在难受，还不如一了他的心愿，为以后的夜晚创造安宁。

二、在这儿居住的十五天里，阿J夜夜失眠，他只能睁大眼睛盯着漆黑一团的房顶琢磨信的事情。阿J认为他绝不会仅仅因为一封信的缘故住到这块荒郊野地。这儿没有多余的人，也没有人迁入，空气呈墨绿色。也许，老头的打扰不是他失眠的根本原因，他失眠的真正的原因是对那封信的猜想。自从跨进这间屋子后，他已不再敢确定是否收到过那么一封莫名其妙的信。

为此，阿J暗示自己对老头儿稍好些，他不喜欢看见别人因请求自己未成而可怜巴巴的，相反他应该对老头略略表示一点点巴结。老头久居于此一定知道一些与他到来有关的信息。

老头一直奔跑在阿J前边大约五十米的地方，阿J加速，他也加速；阿J放慢脚步，他也放慢脚步。即使跑到火车站台时，阿J仍无法超过他。老头一把推开往车厢里爬的黑衣男人，抢先爬了上去。不到三秒钟他从车窗里伸出脑袋向阿J不停地挥右手。

阿J走过去，懒洋洋地问："什么事？"

老头说："把手伸过来。"

阿J把右手伸过去，但是差一点才能钩住老头的手。于是，阿J把脚后跟踮了踮。这回正好，手指和老头的手指恰好钩在一起。

老头说："你往上一跳我一拉你就能上来啦。"

阿J往上轻轻一跳，双脚落在了车厢的地板上。

四

车厢顶上的方形灯一溜烟从车厢尾划向车厢前端。即使这样，车厢里依然昏暗恍惚。阿J坐在老头对面，仔细打量对方的脸。

老头问："你在看什么？"

“没看什么，只想看看你的脸。”

“看到什么了？”

阿J摇了摇头，说：“你的脸太模糊了，当然，也可能是我的眼花病又犯了，它每来一次都会在我的眼球上盘踞良久，如一头雄狮霸占一座山头，外界景物自然无法闯入。”

“是吗？”老头惊讶地问，“我看你的眼睛里没什么狮子。”

说完话，老头掏出一副老花镜架到阿J的鼻梁上，很是得意地端详端详阿J问：“看见了吗？”

“这回看见了。”

“看见什么？”

“看见两片眼镜片，一片大一些，另一片小一些，小的那片上有一道裂痕，是你踢门的时候摔出来的吧？”

老头没回答。

阿J朝前边望去，车厢里空旷无人，只有他俩。温度计显示车厢内温度为7摄氏度。他拉拉衣领把脖子裹紧，说：“我能看到温度计的度数，但是看不清你的脸。”

“嘘。”老头说，“别出声，吵醒了其他人可不是好玩的，到时候麻烦就大了。”

“什么人？他们什么时候上车的？在哪里？”阿J感到恐惧的侵扰，询问变得连珠炮一般，“我怎么看不见呢？”

老头只是笑了笑，说：“叫你别出声，你别出声就是了，车厢里坐满了人。你看啦，这个家伙正靠在我左肩膀上睡得香呢。”

阿J不知所云只好闭嘴，再次抬眼向前望，前端依然空荡荡，什么也没有。继而，他扭头向后张望，他看到黑衣男人在后端两节车厢交接处的过道里抽烟。烟雾从黑衣男人嘴里喷出来升腾起来飘散开去，化成若隐若现的薄雾。他正冲阿J笑，那笑有些阴暗，有些尴尬，略带奸诈，笑使他脸上的那三道疤痕显得格外的清晰。

阿J说："我看到三道疤笑了。"

"什么三道疤？"

"车厢后边抽烟那位。"

话音刚落，老头立即斜着眼盯着阿J直发愣。一小会儿后，老头回过神傻笑笑，脱下衣裳蒙紧自己的脑袋，两只小眼从纽扣眼里露出，起身抓到阿J的手使劲拽，说："快跟我走，不许回头，也不许问为什么，要不然我们俩都完蛋了。"

可是，阿J刚站起来，老头又让他坐回去。老头认为他们这样仓皇逃跑不是个办法，很容易被黑衣人发现，老头建议再坐一会儿。坐回去后，老头用左眼观察阿J，右眼偷瞄黑衣男人。坐了两分钟不到，老头说："那个人的烟已经抽完了。"

话毕，老头掀开裤子站起来毫不羞涩地撒起尿。

"我们走吗？"阿J问。

老头说："是时候了。"

老头拉着阿J向前一节车厢奔跑而去，他一边跑一边向他踢着的人道歉："对不起对不起。"

他带着阿J从无形的人群间穿过，逃离头节车厢，砰地关上两节车厢间的车门，背靠到门上，吁吁喘粗气，对阿J说："吓人吧，我叫你别出声，你偏要出声，你看刚才多危险！"

"什么吓人？"阿J满脸疑惑。

"我们的话一定被他听到了。靠在我肩膀上大睡的那小子也是他的探子，我猜想我们说话的时候他睁开某只眼睛笑了一下或两下。对，他只睁一只眼，这是辨认他的最明显的标记，睁一只眼的没一个好东西。"

“我人影都没看到一个。”阿J说。

“你没看到我能看到，车厢里坐满了人，连行李架上也坐了几个，真不知道他们这样急是想赶到哪里去。不多久，我猜测，现在这节车厢也会坐满人，他们是从门缝里、窗缝里风一样溜进车厢的，到时候咱们再换一节，换到前边去。”

阿J说他以后少说话便是了。

“这很好。”

老头递过一根烟，说：“抽一支吧，解瞌睡，以免逃跑时没精神。”

阿J摇摇手，他突然发觉自己的动作十分单调，好像我干巴巴的语句。所以，他又张口表示自己一直没有抽烟的习惯。他对老头说：“别以为我十多天没睡过觉就会疲惫，我现在清醒得很。”

老头说：“身为男人怎么能不抽烟呢？”

他向老头做了一个一饮而尽的豪爽姿势。

这可把老头难住了，他说：“我把这事忘了，没想到你是个酒鬼，我的院子里还埋有几瓶陈年老酿，早知道就带上一瓶。你在这里等一会儿，我到前边车厢去找找，前边一定有谁喝过的剩的酒。”

阿J冲老头点了点头。

老头问：“啤酒还是白酒？”

但是还没等阿J说他要啤酒还是白酒老头就往前走去，走出几步，他又折身走回来嘱咐阿J说：“把门顶死，把门顶死，无论有多少人砸门你也千万不能跑开，你只需撑小半会儿我就能跑回来救你。”

阿J斜靠到车门上，向老头点点头，挥手让他走。

五

这时，火车才缓慢启动驶出。铁轨与铁轨交接处与火车铁轮相撞的响声频频传来，越来越快。紧接着，此种声音烟消云散听不见了。

阿J望向窗外，模糊夜色下，不高不矮的山野，山野上矮趴趴的灌木丛向火车后方快速退去。火车的速度越来越快。它一直在加速，从不在某一速度值上停留片刻。长此下去，阿J想，它会飞起来的。

阿J靠在车门上，不敢挪动半步，尽管他不知道老头话的真假，但他也没有觉察老头有什么不对劲的地方，老头没有害他的意图。即使老头有加害他的可能，老头骨瘦如柴的矮个儿也未必是他的对手，对他构不成威胁。老头跑不过他，可他却是一个摔跤的好把式。趁老头走开尚没有回来，阿J抽了一根自己身上的烟。

黑衣男人从一排座位下边爬出来，走到阿J跟前。他的身高和阿J不相上下，眼神散乱恍惚直愣愣地看着阿J。他说他的烟瘾犯了。阿J很乐意送他一支烟，借给他打火机。黑衣男人接过烟，手战栗着放进嘴里，焦虑地抽起来。

这时，车厢里的灯全熄灭了，只有烟头上的火星在黑暗中明明灭灭。借助火光阿J没忘观察黑衣人的脸，他的脸的轮廓不太清晰，三道疤十分鲜明，脸盘也跟老头一样是模糊的，看不太清楚。

黑衣男人推推他右边的厕所门，失望地说：“仍然锁着。”三天以来，火车上的每一道厕所都紧锁着，他一直找不到撒尿的地方，回家路上也没有厕所，他说他的肚皮都快撑破了！

阿J向他笑了笑，他觉得这是一个多么滑稽可笑令人开心的愚蠢的问题。他爬上第一排座，扒下裤子往窗外尿起来，同时对黑衣男人说：“怎么可能叫一泡尿给憋死呢？你看我怎么干你就怎么干，爬上来吧。”

黑衣男人满脸疑惑爬上去与阿J肩并肩地撒尿了。他果然把那一泡紧憋三天三夜的尿撒了出来，尿在肚子里装得太久，已经有一股酸溜溜的馊味。

打完尿颤，黑衣男人对阿J说：“谢谢。”

“不用谢。”阿J指指被窗外灌进的风卷回的尿液说，“一大半的尿被风卷了回来。”

一些尿撒在阿J的腿上，一些落在黑衣人的身上。

黑衣男人说：“真不好意思，这么简单的问题我怎么没想到呢？”

“没什么。”阿J又问，“再来一根烟？”

黑衣男人摇摇手对阿J说：“不用了，嘴里叼着的还剩一大半呢。”说完，他又猛吸一口，这回，火光映红了整节车厢。

阿J认为他已经博得黑衣男人的友谊，即使不是这样，出于礼貌，黑衣男人也应该对他下一步的行动伸出援助之手，至少也应该回答他一两个小问题才对。阿J动了动嘴唇，但是又赶紧把嘴巴闭上，没说一句话。

黑衣男人将烟蒂扔到地上，说：“我要走了，感谢你对我的帮助。”

阿J说：“没什么。”他又给黑衣男人递上一支烟。

然而，黑衣男人摇摇手，这是他第二次摇手，说：“烟瘾复发的时候，我会跑过来向你要的，我要走了，哦，把你的打火机借我用一会儿吧。”

阿J将打火机递过去，黑衣男人接过打火机，凑到阿J耳边耳语道：“那老头要回来啦。告诉你，他根本没去找什么酒，他在前边车厢是为了干些见不得人的勾当。你小心点，我要走啦，要是让他发现我俩在一起可不得了。你也别把这事儿说出去，说出去咱俩谁也不会有好下场。”

还不等阿J点头，黑衣男人拔腿往后面车厢奔跑。他奔跑的时候没一点响动，但是，阿J分明感觉自己听到了黑衣男人一直跑过三节车厢钻进厕所蹲了下去，发出拉屎时丑陋而享受的哼哼声。

六

车厢恢复了光亮。老头从前边摇摇晃晃走来，手提一只酒瓶。他走两步喝一口酒，走两步喝一口酒，他酩酊大醉的样子看上去十分真实，还略显可爱。老头走到阿J跟前，左手腕靠到第一排座的靠背上。他那么斜站着又灌下几口酒，瓶子已给喝空了，把瓶子翻个底朝天，倒在座上呼呼大睡起来。第一排座只有两个座位，所以老头侧睡在上边仍需要蜷缩好双腿才能够完全搁下自己，他可怜巴巴的，恍若娘胎中的小小婴儿。

这使阿J的怜悯之情油然而生，他走过去，蹲在座位旁为老头儿梳理头发。老头的头发已经花白，蓬乱不堪，头顶显出头发脱落的迹象，他的胡子也比较长了。他的梳理细心而巧妙，两只手形如鹰爪轻轻地从老头的头顶缓缓下落。手指经过的地方，头发柔韧而有弹性，倒伏下去，又如大风刮过的麦浪，迅速反弹回来。他感到无比尴尬。老头的头发太干枯了，以至于简单的梳理不可能为他做出一个漂亮的定型的发型。他往手心里啐一口唾液抹上去，这回，老头的头发倒下去不再反弹回来。

他一边梳理，一边悲伤。他认为自己太卑劣了，连这么个老头他都要欺骗。他摸摸自己的左胸，心脏跳动正常，他用手指试探自己的鼻息，气息大抵正常。他继续自己的梳理，以此弥补自己的谎言。他边梳理老头的头发，边对老头说："刚才黑衣男人来过了。"

阿J感觉自己的声音像一条条花白的蛇叫人不堪忍受，他的声音只有形状而没有空洞之外的任何东西。

"你说什么？"老头睁大眼睛愣愣地看着他，眼光咄咄逼人。

"我说黑衣男人刚才来过了，不过，他似乎不认识我。"

“快跟我走。”

老头立即从座位上翻身滚到车厢地上，爬起来拉着阿J飞快往前跑，他们从3号车厢逃进2号车厢，在1号和2号车厢的交接处蹲下。老头拉着他飞快奔跑的时候，阿J看见一把钢刀在老头的衣服里闪闪发光。钢刀不是很长，约莫一尺半，这个长度恰好使它能被藏在老头的背脊上，仅在老头尾椎骨处露出三寸寒光。那时候，在阿J的眼睛里，老头变成了一只史前巨鳄，一身白骨在灯光中分外明亮。

老头说：“再往前走一步就是1号车厢啦，如果黑衣男人再追上来，我们只好逃到火车头里去，到时候我们扔掉所有车厢驾着火车头逃跑，把黑衣男人扔在车厢里，你看这是不是一个好办法呢？哈哈。”

阿J点了点头说：“这的确是一个好办法。但是我不会开火车啊。”

“我也不会，不过我们不必担心，我可以用这个胁迫司机往我们要去的方向行驶。”他反手从肩膀上抽出阿J早已发现的钢刀，在阿J眼前挥了挥，钢刀上还残留着斑斑血迹。

阿J问：“你准备干掉我吗？”

“哪儿的话。杀掉你是轻而易举的事情，可是我是来保护你的，只有那个人，那个黑衣男人才想杀掉你。不过你放心好啦，要杀掉你他除非先杀掉我，这可不是一件容易的事！”

阿J感动得热泪盈眶，赶快迈前三步将老头拥入怀中拍打着他的肩膀。老头实在是太弱小太单薄了。他们的相拥让阿J想到当年父亲抱着他轻轻拍打他的肩膀引他入睡的场景。他想说点什么尚没有说出来就听到老头的嘀咕声：“起火了，这狗杂种，我早知道他有这么一招，这是他最惯用的伎俩。”

他立即转过身面对阿J，一脸阴沉地说：“你给他打火机了？”

阿J惊惶失措地谎言道：“没有，我告诉你我不抽烟的。”

“别骗人了，我可不是三岁小孩，我嗅到你身上有烟味，还有黑衣男人身上那一股特有的抹桌布的味道。”老头冲他挥了挥短刀。

阿J往后退出三步。

老头说：“别怕，只要你下一次不上他的当就好了。你在这儿老老实实待着，我装扮成另一个人去救火，再趁机把他干掉。不过你要小心他手下的人，他们正在车厢里的人群中搜寻你呢。我刚杀掉三个，还剩三个。”

老头从衣兜里掏出一瓶黑色的酒递到他手上，往后几节车厢走去。他走路时一路东张西望，偶尔舞动短刀在车厢里与看不见的敌人激战一番，又迅速举刀往前冲去，似乎在追赶什么人。

七

阿J还是第一次看到纯黑色的酒。他拧掉瓶盖，浓烈的白酒味喷薄而出，刺激着他的鼻孔。他有半个月滴酒不沾了。以往，酒他是每天必喝的，一日三餐，餐餐有酒，早晨一杯干红，中午一杯老白干，晚上灌一扎啤酒。

他把酒瓶塞进嘴里，听见液体哗哗地从瓶口汹涌涌出，它们如万马奔腾，挤挤搡搡。他一口气把那一瓶酒喝干了，醉意爬上额头，车厢晕乎乎的，他坐到地上，地面也晕乎乎的。

他看见黑衣男人正坐在他对面，咧着嘴对他笑呢。因为他醉了，所以黑衣男人脸上的疤痕也变得恍惚不定。他抬手指着黑衣男人的脸蛋说：“你的刀疤多了一道。”

他看见黑衣男人对他点头微笑，又说：“不不不，多了两道，一定是那该死的老头子干的吧。他提着钢刀找你去了呢，他说，这个狗杂种，又放火了，老子非一刀劈碎他不可，对吗？”阿J的眼睛渐渐发直，眼球迅速被一层乳白色薄膜所覆盖。

黑衣男人说：“嗯，他找我去了，不过他正落进我的圈套，他拼命救人的间隙正是我营救你的大好机会啊。天明之前，我必须将你从他手中营救出去才行，否则，上边会怪罪下来的。”

“上边？上边是什么？那些灯？”阿J紧皱眉头问。

“我也不知道。”黑衣男人说，“他们用信件遥控我，但我从未对他们产生过怀疑。听从他们的命令是我的职责，老头也一样！”

“你是说老头也有上边？”

“当然，他当然也有一个上边。”

“你们有同一个上边？”阿J似乎清醒了过来，把话锋一转说，“酒里有毒，喝下去就头晕。”

“不是，我想我们不属于同一个上边。”

“那么不是一个相同的灯？”

“也不对，也许我们是属于同一个上边，我也说不太清楚，我只按上边的指示跟他进行顽强的抵抗。老头正在跟我的三个手下激战，同时，他还得把火扑灭，这会花掉他很长一段时间。”黑衣男人对阿J笑笑说。

“那你打算在这期间把我掠走？”

“不对，是把你从老头手中营救出来，把你送到你应该去的地方。”

阿J紧闭嘴，保持坚定的沉默。黑衣男人向他讨一支烟他也不给，坐在那儿两眼直转圈圈。黑衣男人在他眼前挥舞手，他仍然没有动静。他把手插到阿J怀里，摸摸他的心脏，还算正常，呼吸也算均匀。

他从阿J的衣兜里掏出烟纸袋，里边仅剩下一支烟。尽管这样，黑衣男人在没有征得对方同意的情况下还是点着了最后一支烟，对阿J说：“我们只有这一支烟的时间了，当烟燃完，天就会亮，在天大明之前，老头子一定会赶回来。他可是一个凶狠残忍无比的东西，一旦他杀过来，我们俩谁也不是他的对手。他正跟我的两个手下激战，他不久前才杀掉一个，我敢打赌，不到三分钟，这两个也会惨死在他的刀下！”

阿J没有说话，轻缓起身，把烟从黑衣男人手中夺回来捻灭，说：“你真是少有的笨蛋，你把烟捻灭了天不就明得慢一点了？”

“这是一个好办法。”黑衣男人说，“可是，老头子仍然会赶回来，不到五分钟，我敢跟你打赌，要么赌一包香烟？”

阿J摇摇头表示拒绝。

“那好，”黑衣男人说，“我们逃到火车头去，卸掉所有车厢开着火车头出逃，我们爱往哪儿就去哪儿。”

“我不会开火车。”这是阿J第二次表示。

“我也不会开，不过不是有司机吗？”黑衣男人掏出手枪，枪口顶在阿J的脑门上说，“嗯，你开还是不开？”

阿J焦急地赶紧摇手说：“我真不会开火车，我从小就没养成骗人的坏习惯，怎么可能立即学会骗人的把戏呢？”

“不是不是。”黑衣男人说，“我是说我们用枪口顶着司机的脑袋，让他把火车头开到我们该去的地方。要不然，我就吓唬他说，让他的脑袋开花。”说完，他咯咯地笑了起来，露出满嘴黑牙，又把枪插回去。

阿J看见对方的牙齿坏得厉害，一只白色的虫子在两颗牙齿之间的窟窿里昂扬着身躯左晃右晃的。他说：“老头也这样打算。”

黑衣男人说：“当然，这是逃生的唯一办法，也只有通过这种方式才能把你送到你该去的地方。”

阿J问：“什么地方？”

黑衣男人说：“到时候你就知道了，不该多问的别问！”

他又一次掏出手枪，左手紧握枪柄，右手拉上阿J往1号车厢跑去。

他边跑边往后张望，神情慌张，气喘吁吁地对阿 J 说：“我已经听到老头的脚步声了。”

“我可没听到，一点也没听到。”

“怎么会听不到呢？”黑衣男人满脸惊讶地说，“我甚至听到他钢刀上血液滴落的声音，他一脚踩在一个孕妇的肚子上，把小孩都踩了出来。我说你也该跑快一点呀，一旦被他抓住，他会把我们撕得粉碎。”

“我实在跑不动了。”

“真没劲，你还算个男人？”黑衣男人蹲下身，拍拍肩膀说，“来，骑上来。”

阿 J 骑到他的肩上，黑衣男人一溜烟往前奔跑开去。在 1 号车厢去火车头的交接处，由于他俩的高度过大，阿 J 被迎面飞来的通道上顶撞了个鼻青脸肿。他仰身倒挂在黑衣男人的身上，从黑衣男人前面看去，根本不知道肩上骑着一个大男人，只看到黑衣男人的双手抓住两只脚，两只脚后跟正好搁在他左右第五根肋骨上。

跑过通道，黑衣男人把他放下来，阿 J 像衣架上的衣服滑落下来，头顶在地上狠狠撞了一下，长没长包他不太清楚。他爬起来，不停地摸着头顶问：“现在怎么办？这列火车居然没有车头。”

黑衣男人没有理睬他。

此时，迎面疾驰而来的风卷走了黑衣男人身上的所有衣服，只剩一条内裤挂在他的腰上。他的内裤是属于略显女性化的那一种，不但小巧，上边还绣有一朵野花和一根草，草茎为黑色。阿 J 的头发被风吹得纷纷竖立，一根根像猪毛刷子上的猪毛。他看见自己的头发被风一根一根地拔了去，留下一个秃顶在风中飘摇。火车开得很快，但是，他却听不到火车行驶的声响。

他问黑衣男人：“听到火车轮的哐当声了吗？”

“别嚷嚷，让我仔细听听。”黑衣男人听了好一阵子说，“完啦，他追上来了，1号车厢里全是我的手下，我原以为他不会知道呢，可是他全知道，他从第一排座劈砍到最后一排，这老东西多么狠毒呵，血流成河啊。”

阿J往车厢里看看，说：“没人啊。”

“满车厢里的人都被他杀死啦，躺在座上、座下，横的、竖的，多得不得了，他还残杀了一个婴儿。”

阿J一脸疑惑地问：“你在说些什么？我一点也没看见。”

“你当然没有看见，你在这儿等一会儿，我去去就来。如果老头追上来我又不在场，你就往左边跳下去。放心好了，别以为火车开得快就会摔死人，火车越快你越不会摔伤，你相信我好了。你纵身往下一跳就能到达我们要去的地方，到那儿你就安全了，有很多人迎接你。”

话没有说完，黑衣男人掉头钻回1号车厢。他举手枪疯狂射击。过不一会儿，他又会躲回座位靠背后往枪膛里塞子弹，再站起来边走边开枪。子弹在车厢里胡乱地飞来飞去，撞在车厢壁上反弹回来，撞击在玻璃上反弹回来，撞击在座位上也反弹回来。但是，阿J没有看到任何弹痕。黑衣男人从1号车厢走进2号车厢，依然不停地点射，好似鸡点头。

阿J对黑衣男人叫嚷：“小心点。”

八

“知道啦。”老头回答着从车厢下边爬出来，翻过栏杆，跳下来站在阿J对面。

“这风还真大，如果我刚才没有喝那些酒，我早就给风冻死啦。”他脱下衣服给阿J披上，又说，“别冻坏了，我猜你一定没喝我给你的那瓶酒，我调兑的时候没把握好比例，颜色浓了点，看上去颜色太黑了点。”

阿J说：“没错，是黑色，不过味道挺棒，我一口气把它喝了个精光，借助酒性我跳了一曲，之后睡了一觉。”

“跳什么舞呢？”老头羡慕不已，问道，“就你一个人？没请某位女士一块儿跳吗？车厢里的漂亮女士多的是。”

“是的，不过我觉得我还是一个人跳得好，我假设自己有一个舞伴，我抬手，她也跟着抬手，我搂她的腰，她也搂我的腰，我们跳了起来，先是慢三步，后来是探戈、伦巴，就差一点没跳西班牙斗牛士！”

“你听到没有？”

“什么？”

“黑衣男人追上来了，他有手枪，这是我们遇到的最大麻烦。你是知道的，无论如何，刀总敌不过枪。”

“刀是敌不过枪。”阿J说，“可这与我又有什么相干呢？这是你们两个人之间的事，干吗老把我掺和进去？”

老头没有回答，他抓住阿J的衣领，纵身往下跳去。

那一刻，阿J感觉自己和老头像两块陨石从天而降，发出尖锐的呼啸声。陨石以每秒9.8米的加速度迅猛坠落。阿J闭上眼睛，聆听着脑中的小蜜蜂叫，他真不知道自己死了没有。

这种眩晕和猜想还没结束，他就听见老头对他说：“好啦，没事了，天快亮了，我们已经安全了。”

阿J睁开眼睛，东方已露鱼肚白，天空异常宁静，恰巧有一只飞鸟从天空中划过。他跟着老头回到屋子，他们经历一夜的逃亡又回到了老地方。

老头一脚踹开门，反手揪住阿J的衣领把阿J扔了进去，说：“我们总算逃了出来，天黑之前，你好好睡觉吧。天黑后我们还要继续逃跑，我们将夜夜如此。”

阿J疑惑而好奇地问：“那黑衣男人呢？”

“他也睡觉去了。不过，今晚上他会更凶猛的，你别高兴得太早了。”

死感

一

我曾经有过一座大房子，甚至可以称得上宽敞明亮，说它豪华也不过分。它是一座宅子般的大房子，我在里边过着闲适的日子，日日夜夜，没有寒冷、阴气和任何晦气。

不过，我现在什么也没有了，提着一只破箱子，里边有几本我视若生命的书，衣衫褴褛，游荡在这世界上或者世界上某个被人遗忘的角落，只有我一个人。我就那么不分昼夜地游荡着，被迫地，因为除了游荡我别无他事，我也不想有除了游荡之外任何的作为。

如果硬要说有什么人跟着我的话，那它一定是我的影子。它总比我长，忽而左，忽而右，一会在前方一会在后方。我无法左右它，有时，我怀疑是它左右着我的全部命运，一这么想我就沮丧到几乎要哭的地步。每当此时，它一准在我前边慢慢爬起来，回到我的身体里。也就是说，只有我无限悲伤的时候我才没有影子，安宁才回到我心里。

世界上只有我一个人，我无限悲伤无限安宁，宛如秋天最后一片秋叶静静凋零，缓缓飘落。或许，你认为有影子陪伴，可以减少我内心的孤独。可是我已经说过了，我怀疑是它左右着我的全部命运，所以，我相当恨它。我真想跃上去一脚踩住它的脑袋，让它死去，把它扔在无人行走灯光昏暗的空旷大街上。

然而，我每一次踩着的只是它的脚板，从没伤害到它一毫一毛。好些时候，它还故意逗弄我，它忽而前忽而左忽而右忽而后，眦着眼睛，咧开狗嘴做着鬼脸冲我嘻嘻笑。它嘲笑我以及我悲惨的命运与现在的处境，打心眼里说，我恨它，我已经第二次说到我恨它了，跟它势不两立。可是，我哪找得到扔掉它的办法呢，让它在街角垃圾堆里像一件乞丐衣服那样静静地死去。

我的房子，大房子，是在夜里轰然坍塌的。似乎我所有的不幸都与夜晚有关，我在里边出生，在里边生长，在里边失去房子，远走他乡，我想哪天我也会死在夜里。对现在的我来说，已经没有白天了，要是突然撞见一截阳光灿烂的白天，强烈的太阳光一定会使我的眼睛受不了，它会坏掉的。

我已经习惯了这样的颠沛流离，也习惯了阴冷、安宁、无人的只我一个人的夜晚。我之所以要记叙它，是因为我的记忆在黑夜里徐徐展开，如水中迅速舒展的茶叶。其实，除了记忆使我感到痛苦、感到悲伤外，现在的处境乃至任何看似的不幸都无所谓了。为此，一旦有朝一日你发现一个孤零零的人提着一口破箱子，穿一身长黑衫，请你不要跟随，也请别跟他打招呼，因为这会惊扰他。千万不要打扰他，让他自由自在地游荡下去好了。

我这么说话似乎前后矛盾，前言不搭后语，我只能告诉你，一切的确都是矛盾的。我也不知道我想说明什么，阐明什么，一切的一切都显得混沌模糊，彼此对立又互相粘连。我唯一能够表明的是我正在说，不停地说，颠三倒四、重复啰唆、乱无头绪、纠缠不完、喋喋不休、制造混乱。

二

听到嘎吱声，我立即从被窝里爬起来，跳下床，直觉告诉我要出什么事了，比如地震，比如大风来了，然而我万万没想到我逃出屋子那一刹那我看到的只是我的屋子轰然坍塌。屋子四周的树木、草地都是好好的，天上没有风，夜空晴朗万里，稀疏的星点缀其中，相当高远，时隐时现，灾难只降临在我一个人身上。

我想我不会是世界上唯一一个有罪的人吧，不会只有我拥有一副魔鬼心肠吧。我一直认为我不算坏人，过着常人的生活，和小伙伴做游戏弹玻璃弹珠——它们多么漂亮啊，五颜六色，色泽脆嫩，用手轻轻一捏都会碎掉似的——背着书包上小学，成绩相当不错，远在一般人之上，尽管离独占鳌头的那个人还有那么一点点距离。我也上中学，房子塌掉之前的所有日子我都在伙伴和学校中间度过，没进入更为复杂的社会，我不可能学坏，没学成小坏人大坏人，我相当善良。然而，灾难恰恰降临在我一个人头上。

望着漫天飞舞的烟尘，我的眼眶里蓄满了泪水。我看到它们从瓦砾之间升起来，起初是一小股，相当结实，宛如一根大黄竹竹竿，它们蒸腾着上升，升到三五丈高的时候，渐渐地分散开来，向所有方向，变成一朵完美的蘑菇云，云冠非常漂亮，这漂亮建在我的不幸上。慢慢地，尘埃们彻底彼此分离，在夜空里随意游走，干燥，呛鼻子。

唯一能做的是离开这个伤心地。一旦某个地方蓄满你悲伤的记忆，你只有离开它，别无选择。在日后漫长的浪荡日子里，一遍一遍回忆它们，它们也在你的回忆中增长、繁殖，由一点变得无限庞大，漫无边际，甚至可以淹死你。

在瓦砾里找了三天，我才找到唯一可以带上路的玩意儿：破箱子。

原本，它只是一口被我藐视的糟糕货，扔在屋角里盛破书的物件而已。没想到越贱的家什越有用处，越贱的东西越耐岁月折磨，活得长久。那些精美的家具全给砖头、瓦块、房梁砸烂了，砸得稀巴烂，仅能用作柴火烧。

我把它从瓦块间拉出来，上边满是干巴巴的灰尘，用嘴一吹，灰尘便飞得老高老高。我把它提到草垛边，扯下一把草絮把它擦擦，再用衣袖怜惜地揩揩。以前它是我用不着的废物中的一件，现在它却成了我的全部财产，岁月留给我的只是这些——我以往不在乎也不想要的一堆垃圾。

至于那几本书我就不用多说，它们也是我从瓦砾堆里千辛万苦找回来的。为了找到它们，我费尽了力气，弄破了手指，指尖上的皮全给砖块弄烂了，一片一片、一丝一丝地翻着，好像卡在喉咙里的鱼刺。它们是我喜爱的，每天睡觉前我都要翻翻。它们叫什么名字我暂且不告诉你，每一个人都有几本自己需要的书，我说出它们的名字你也用不上，毕竟，人与人、命运与命运太不相同了。像我这样的人吃下去的是苦水，而您喝着咖啡，尽管都有苦味，然而，苦味与苦味是多么的不同啊！

咖啡给人温暖的被单，时间给了我一口破箱子。

装好书，用草绳系紧箱子，面向瓦砾，我闭上眼睛默默地站了三分钟。不管怎么说，它也是我生长的地方，毕竟，我曾在里边住过，有过幸福，有过温暖的被窝，有过美味。出走那一刻甚至现在，我对它的感情都是无比丰富，无比复杂。

闭上眼睛之前，我以为我会空前悲伤，号啕大哭也没准。出乎我的意料，我感到的是空前的宁静，因为我已经悲伤过了，暂时还可以抑制住心中的悲痛不发泄出来。一咬牙，转身，扛上箱子我就走了，没有方向，没有目的地，抱着一副走到哪儿算哪儿的态度。

我想我不该瞒你，出走之时，我心里还有另一份情愫或者称为想法——我暗示自己这是一种相当幼稚非常无耻的侥幸心理——我奢望着在逃亡的路上遇上一个好人，一个好地方居住下来。要是有一个好心人收养我让我做他的儿子、女婿或者仆人就再好不过了。

然而，事实上，一切坚若生铁，冷若冰霜。也正是这种妄想把我推到了这座城市里，宽敞的大道，高高的楼房，它是一座不夜城，但在我眼里只有夜晚没有白天。或许，它有白天，事实不可否认，昼夜是交替出现的，这儿又不是南极或者北极没有极夜也没有极昼。也许它白天的车水马龙人来人往都被我的脑袋过滤掉了，只有我一个人在里边游荡。它不算大，街巷纵横，如乡间阡陌，首尾相接。

我从一条街走到另一条街，再穿巷子跑上另一条街，我一直那么走着，希望找到某个人影。但是，每次找到的都是我自己。我不知道是老天爷特地为我创造了一座奇特的城，还是我自己的心中创造了这座城。我在里边漫无目的，内心空虚，充满了焦虑，急切或者散漫行走。在路上，我一共撞见六个人，是他们指引我一路走下来到了这里。

逃出山隘口，我才鼓起勇气回头瞥上一眼，远处我的房子曾经所在的地方，日暮中或者烟雨蒙蒙中，它一片恍惚，树与树之间的间隙不见了。我只看到一片灰青色的模糊，灰青色相当疏淡，几乎接近了雾白色。我一直往前走，沦落人的情绪笼罩了我的心，从此它一直盘旋在那里，从不离去哪怕一分半秒。

一夜之间，我成了无根之树。随风飘荡下去我的日子可能会好一些，而我却服从心中一时的冲动与逃避，放逐自己，走上了一条不归路。时至今日，如果，如果真能这样的话，你给我一把繁茂之根我也停不下来了。无限度地流放自己，在这座城或别的任何地方，它都早已深入我骨髓，成了我的本性。我沉陷其中，痛苦着，沉迷着，不能自拔。我也不想去挣扎和改变什么，一切都是注定的，服从命运浪荡下去。我只这么想，显得消极而宿命。

三

我撞见的第一个人，不，应该说我第一次撞见人是在出隘口一日后的一个十字路口。他们坐在路边，看样子也是赶路人，拐杖平放在双膝上，气喘吁吁的，手拉着手，手背上满是老年斑，有的大有的小。他们坐在干草上，草快死尽了，很难看到星点大小的绿色。

我走过去，竭力把自己扮演得礼貌、可爱、讨人喜欢，在他们面前我深深地鞠了一躬。

老头没理我，当时就掩不住心中的厌恶，一抬腿转过身侧向我，给我看他皱纹一层盖着一层的老脸的轮廓。老妇人不一样，尽管老了，她依然有一副女人心肠，见我鞠躬她正了正身体，轻微咳嗽一下，清了清嗓子眼。之后，她抬手理理衣领，像男人打领结那样。她放下手，用胳膊肘抵抵老头子，摆出一副不自在的尴尬的笑容。老头转过身来，和她肩并肩，样子颇像全家福。

他们并坐在我眼前，四只手分别放在四只膝盖上，不好意思地动着，很小的动作似乎是为了不让人觉察他们的紧张或者别的情绪。

我抬起身。以前，我从未对人如此礼貌过。只身在外，我只能把自己扮演成一个懂礼貌的人，以使麻烦尽量少。我问他们我该往哪里走，哪里有我能够立足的地方，哪里的人会善意地收养外来的人，不拒绝一个陌生人落入他们彼此熟悉的距离之间。

他们没有说话，但是仍然回答了我。我猜他们不是哑巴而是由于别的原因不愿意向我开口，比如怕我笑话他们一大把年纪还拉着手，比如他们一张口是两嘴童声，一个娇滴滴的女孩声，一个雄雌难辨的童男声而引来我的笑话，还是怕一张口他们便哈哈大笑起来——他们从没见过我这样机械、木讷、鞠躬的人，问如此可笑的厚颜无耻的问题的人。

他们用手指着前方回答我的问题。但是，他们指的方向不一致，分别是左边那一条和右边那一条。见意见有分歧，他们交头接耳合计了小会儿，最后指着正前方那一条，抬起的手好久不放下，待我再次谢过他们，他们才放下手腕。或许，他们指正前方这条路是由于它特别宽大，特别明亮的缘故。

我没有怀疑他们，一对年迈的老人没有理由让人怀疑。我满怀憧憬走下去。似乎，我已经看到了喧闹的人群、岛上炊烟和温暖的犬鸣，感到了温暖的气息。我将在那里获得我所需求的人们的欢迎，赠予食物，还有房子或更好一点的东西：家或者比家更好一点的东西。它不是钱，我也不想说它是什么，还是你自个儿猜吧。

四

一直忘了谈另一个问题，凭良心说，我不是故意不提及，而是确确实实忘了。说到这里时，我突然想到了它，既然想到了，那不妨说说。

我喜欢这么玩，东拉西扯，胡说八道，谎话连篇。我想只有这样我才能把心里想说的话尽可能多地说出来。那就是我一直没有提到和我相关的人，比如爸爸、妈妈、妹妹、姐姐、婶子、叔伯之类的。我也不知道他们究竟存不存在。按常理说，世界上除了齐天大圣孙悟空是石头缝里蹦出来的，其他人都来自一条精虫和一颗卵子，所以我也应该是有父母有众多亲戚的。

我也想把他们一个一个地介绍给你，这是我二叔伯，警察，这是我小姑姑，公务员，这是我老爸，这是我妈妈，这是我妹妹，脸蛋蛮漂亮，人很调皮再加上大眼睛和活蹦乱跳的性格，是个人见人爱的小妞子。

可是，再怎么想我都想不起他们来了。要不是我得了部分失忆症只记住了房子坍掉后出走的部分事情的话，那就是他们不存在。不管怎么说，这都不太合情理。不过这也没什么，世界上合情合理的事多着呢，不合情理的事更多了，合不合情理都不重要，唯一可以知道的是它存在着。

游荡在夜里，我常想这些无比可笑的事情，甚至，有好几回我居然爱回忆自己是不是有一条狗，即便它是杂毛的，酒糟鼻，长得相当难看也没什么。我之所以那样想是因为我觉得有一条狗跟着我也不算坏。

在短暂而漫长的回忆中或者假设中虚构中，我果不其然有了一条十分丢脸的杂毛狗。它喜欢偷别人的臭袜子，更可恶的是，它把一切能偷到的都带回来放在我屋里，搞得我苦不堪言，生怕人家随时找上门来。并且，它的样子日渐糟糕，起初是杂毛难看，后来它身上开始一块一块地掉毛了，露出斑斑腐肉，再后来它的毛脱得越发厉害，简直没法医治，引出了我对它的厌恶，想尽早扔掉它。

老天挺关照我，在我的想象中，狗被房子压在了下边，我总算抛弃了它，就像我的房子抛弃我一样。

由此可见，去为记忆增添更多的东西是一件颇为麻烦的事情。它一边劳累你的神经一边劳累你的身体，到后来，原本沉重的记忆变得庞大起来，纷繁而杂乱，弄得你在里边迷了路，摸不出来。还是只回忆或者说我没了房子后的游荡好了，我以后只说这一件事，我保证，我只说这件事儿，即使出了一些小岔子，也最多不过是在完成一项在一万字里用上数百个这样模棱两可的词儿的使命罢了，或者在回忆过程中穿插一些废话和主流记忆之外由话题偶然引出的零星的记忆。

掉进这座城市之后，我从没睡过觉，也没有择机坐上一小会儿。不，不对，我又说谎了。我在某街道口或者任何一条街道口坐过，累计次数不下三次，它们相隔的时间是一月、两月、一年或者两年三年都有可能。一旦昼夜更替消失了，时间也就消失了，你再去计算时间是多可笑多滑稽的事情。何况，我一直认为，我们被短暂空间里的时间蒙骗了，一直以为时间存在着，然而，我怀疑时间是静止的抑或说时间不存在也行。

其实我很想坐到地上好好休息一会儿，让骨头好好地松松架子，舒坦地半躺着，睡上一觉醒来发现脑子里什么也没有了，仅剩一汪清水，清可见底，清澈透明，单调而纯洁，不再有混沌一片的记忆。每次坐下不到三分钟，我的心便无限慌张和焦虑起来，没什么具体的原因，它无缘无故的焦虑促使我屁股离地爬起来，继续游荡下去。也许，这背后深藏着另一个秘密。

前边我说现在的一切都无所谓了，只有记忆反复折磨着我，不断涌现。可是在这里，经过无数次谎言和自己发现自己自相矛盾之后，我不得不坦白：我不安于现在的处境，抓紧分分秒秒游荡穿行在城市的街巷间；还存在侥幸心理，希望偶然间发现一条出城的通道，哪怕只是一条墙缝、一个蚁穴、一个耗子洞，我也要从那儿爬出去，钻出去，变成一条水流出去。

我还挣扎着，挣扎是维持我现在生命的唯一方式，尽管它使我遭受的痛苦越来越多，使我内心的绝望越来越深。

告别两位老人，我一直往前走下去。道路甚是宽广，脚步也快，不到一天我就翻过了几条山梁渡过了几条河流。我的心情倍加舒爽，我暗自高兴要不了多久我就能到达一个人多昌盛的地方，完成丰茂—荒芜—丰茂的过程，重拾起以前幸福安宁的日子。

事实告诉我，我完全错了，当天夜里我的胃有些轻轻的疼，之后，腿抽起筋来。我坐在地上，双手掰住右脚各个指头，阻止它们缩成一堆，要是右腿缩成一堆废物我就无法继续前行了。我尽了最大的努力，可是它却以另一种形式折磨着我——从那一刻起，每隔一段时日，腿都要抽一回筋，疼痛好长一阵子。久而久之，小腿肚上的青筋一条一条凝固，明显凸出，好像一条条巨大的蚯蚓趴在上边一动不动。

当我掉进城里后，它已经病透了，我不得不走一段，跳一阵子，等它恢复得差不多了，再放它到地上小心翼翼地走一阵。似乎，我天生只有一条腿，右腿对我的作用仅相当于一根拐杖，起辅助的作用。

五

止住第一回抽筋，我爬起来，快速地往下走去，我将第二次遇到人了。

注意，他们不是一个老头和一个老太婆，是一对中年人。他们的样子长得不错，和蔼可亲，只是精神萎靡了点，脸上没有光泽。从他们的样子看，我们都是有着不同程度不幸的人，要是没有不幸我们的脸蛋都会有光泽，闪闪发光，性感，迷人，令人心神荡漾。

我告诉他们，我曾经有一座房子，甚至可以称得上宽敞明亮，说它豪华也不过分，它是一座宅子般大的房子，我在里边过着闲适的日子，日日夜夜，没有寒冷，只有温暖。最后我表明了和他们攀谈的目的，双手一摊，告诉他们，现在什么也没有了，只有一口破箱子。我的样儿是不是很傻，很笨拙，像一个受机器控制的木头人?

男的瞟了我一眼，女的咂咂嘴，咽了一下口水，声音相当响亮，他们一副蔑视的神态。我向前走一步，离他们更近，和上一次那样鞠了一躬，比上次有过之而无不及。我埋下身体，眼睛直勾勾看着他们的鞋子。我发现鞋子和上一对人没什么两样，几乎是一双，不是一双也出于同一个工匠之手，或许他们中的某一个人创造了这四双或者这两双共八只或者是四只朴素的便于工作便于行走的鞋子，上边满是尘土。

他们还是没有理睬我，相互搔对方的痒痒。或许，他们不回答我是由于我没有把攀谈目的说明白的缘故。我抬头，挺直身子，整理整理衣服下摆，使自己看上去显得威严。

我的变化一定吓着他们了，他们抬头望着我，目光呆滞，面露胆怯。他们埋下头，相互交换一下眼色又自顾自地玩去。女的把手指移到男人的裤裆上方，没完没了，调皮而讨厌地摸对方的肚脐眼。他们玩得那么尽兴，旁若无人。男的伸出双手一脸坏笑加上神秘的好奇，解开女人的腰带和第一颗也是唯一一颗纽扣，下边露出粉红色的内裤，松紧带相当宽。

为引起他们的注意，我又咳嗽了几下。当然，我是埋下头尽力不去看以免我可恶的泪光搅坏了他们的好心情，尽管余光观看着他们的每一个细小动作——都是无聊透顶简单机械的动作，他们透露出从没干过很想干一把的急切和对神秘的身体外部身体内部的向往。

我一连咳了好几次，他们才再次注意到我，手分别离开对方的身体，端正走着。男的连衣角也没理一下，相当懒，女的拉了拉衣角，衣服下摆挡住了松开的裤腰，也挡住了里边的粉红内裤和白得腻人的肉。我终于有机会把自己想问的话全说了出来。

我问哪儿有人家，最好是愿意接纳一个身无分文失魂落魄的外乡人的人家，当然，有一片一片的人家那就更好了，只要他们愿意收留我给我一个落脚点，做牛做马我也愿意。路上遇到的六个人都是哑巴，要不就是他们从来不跟陌生人说话，其原因是多种多样的：防备、恶心、不屑一顾，怕你给他们添加麻烦抑或我的到来打扰了他们的好心情好事情等等。这些原因我没有必要深究。

同老头老太婆一样，他们也是抬手指着前方，手一直不放下去。待我点头致谢，舒口气，抬腿向下走去，他们才放下手，迫不及待地继续玩，似乎万年没有逢甘露似的，只有以尽可能快的速度得到它才活得下去。我刚一抬头，他们就玩了起来，搞得热火朝天。

六

命运支配下的经历告诉我，任何一件事的出现或者任何一种处境——以恶果的形式——都没有一系列的完整理由，或者说他们没有理由或理由太多。所以，想来想去，我放弃对路上所遇到的六个人的憎恨，因为要是真要推算我掉进这座城市的原因的话，理由定有一大串一大堆。

就表面来看，房子不塌我不会出走也不会掉进这座该死的城市；即使房子塌了我坚守原地不出走，我也不会掉进这座陷阱这个圈套里来；老头老太指的路不错的话我不会到这里，即使他们的指引是正确的而后边四个人两对人的任何一次指引出一点差错都不会把我引到这里。所以，我说，原因是不存在的，太多的引发枢纽使其成为命运管辖之下的事情，而不属于某项具体错误。

一间房子连着另一间房子，有天大的窗子阳光充足，温暖在里边欢快飞舞，它们一个接一个地连着，形成套间。尽管这样，我的房子相当简单，相当清晰，随便从哪一扇门走进去，你都能找到出口，一点不复杂，更不可能复杂得像这座城市。

卧室最为宽敞明亮，倒在床上，用被子盖好自己除脑袋之外的所有部位，阳光正好照进窗来，不冷不热，恰到好处，地板光可鉴人，反射着阳光。当初，一切都那么美好，安稳，闲适自得。

还有客厅，客厅是仅次于卧室的大房间——记忆不出岔子的话，应该是卧室最大，客厅第二——两面有窗，或者说客厅的四面墙中有两面由大玻璃造成。早晚气温适中，略带潮气，湿润的时候，我打开它们通一两个小时的风，除此之外的时间它们都关着。拉上淡蓝色窗帘，坐于其中，心情惬意，相当安全。

厨房也是一个大家伙，不过，我没有必要把每一间房子的特点、美丽都一一说出，一是因为我的讲述会给我带来伤感，二是因为房子太大房间太多了，一一解释它们无疑将花掉我很多笔墨，浪费掉你一大截时间。

我在城里蹿来蹿去，心里装着对房子的回忆对往昔的怀念。同时大发议论，议论又是孱弱、幼稚、无力的，甚至完全可以把它们当成喋喋不休的牢骚和发泄。

天气一天天冷下来，树叶纷纷凋零，夜风轻轻一吹，树叶哗哗响成一片。其中有些左飘右飞下来，掉在冰冷的大街上，落在我的脖子里或者落在我影子的头顶上。它依然跟着我，看尽我的可怜样，用尽所有嘲笑我的办法嘲笑我。不过，天气的变坏也影响了它的情绪，它似乎更愿意蜷缩起来，压缩自己的表面积减少受冷面，越变越短。我希望某一夜下场雪将它冻死算了，免得看它幸灾乐祸的无耻嘴脸。

我不知道已经在城里走了多少圈，任何一条街道、巷子里都遍布我的脚印，如果说这座城市里哪里没有我的脚印的话，那只能是深邃、漆黑、辽远的天空。我上过墙，上过房梁，爬上过树冠探寻出口，能去的地方我都去了，不能去的地方也去了，但我仍未能找到出口。我怀疑，我这一生就只有这么熬下去了，我承受煎熬。也许，出口在一个更近却更隐秘的地方，比如在我的破箱子里，在某一本破书里，更有可能它就在我身上、心里或者屁眼里。

真不知道我怎样才能结束这个故事，都写到第十页了，离我的目标还差五页大约三千五百字。我唯一能做的是继续承受煎熬，无限的浪荡和徘徊，在某一座逐步形成无人的灯光遍布的城市空荡荡的大街上，手提一只破箱子，影子在拉短。

我双手抱在胸前，将自己紧缩。

七

他们坐在地上，是一对小孩子，他们在玩游戏，他们比前四个前两对人看上去更单纯，更直截了当些。他们把裤子扔在一边，只穿着衣服，坐一会儿又挪挪屁股移动小段距离继续玩。

由于夜晚将至，雾气降临大地，水珠爬上草尖，干燥的地面有了水的气息，有的地方已经相当潮湿，几乎看到了水落在地上鲜明的印子。小男孩的屁股上沾满泥巴，他像狗一样四肢着地，显得很快活、很自由，撅着屁股爬来爬去。而小女孩则坐在那里，右腿折于身前，左腿反折过去，压在屁股下边，衣服短小，肚脐微露。

他们自得其乐，偶尔向对方咕哝几句，又埋下头玩手中的泥巴。和前两对人不一样，他们感兴趣的是泥巴或者说感兴趣的是在一起玩而不是对方的身体，相当高贵绝对不下流的身体在他们这里是他们都不喜欢的。

我有足够的勇气走上去面对这两个单纯可爱的小孩子。我拍拍衣角，拉拉衣服的后摆，抖擞精神，以给他们留下美好的印象，让陌生叔叔的美丽打动他们，留在他们心中，换取他们的信任，获得他们的指引。

小孩子是我遇到的最后一对人，老年人是第一对，中年人是第二对，这是一个相当概念化的逻辑或者说是试验的一个反应或者凸显。不过，说句老实话，我从来都说老实话，即使我经常甚至可以说热衷于谎言，我也说不好最先遇到的是老年人、中年人还是那两个孩子，他们中的任何一对人都有可能是我第一次、第二次、第三次遇见的。

这样一推测，前边的线索就被颠覆了或者说前边的写作顺序只是很多个组合方式中的一种。没准，我第一次遇见的是小孩或者中年人，第二次遇见的是老年人或者小孩，第三次遇见的是老人或者中年人，这么一来，前边的写作仅是六种可能中的一种。既然我已说明了有六种可能性，我就没必要去一一重复了，尽管各个关节处的指引人不一样，但是结局或者宿命之下的结局告诉我，他们谁先谁后都不重要，反正都这结局，无数自然的偶然创造了必然。

走到他们面前，我没有立即说话而是等待他们的反应。相对于小男孩而言，我离小女孩更近，因为我就站在她面前。我也相信她一定看到了我的腿，看到了脚上破破烂烂的鞋子，鞋子上干巴巴的灰尘。尽管我的年纪不大，只有十六七岁，看上去也是十六七岁的样子，但是在他们的面前我觉得我的心态相当成熟，人足够老练有资格听他们叫我一声叔叔。

他们居然没理我，自顾自地玩得开心。有一次，小男孩伸手拉了拉小女孩的手腕让她看他造出的杰作，他分明翻了白眼看了我一眼，他没理我睬我，继续玩下去。为此，我只好张嘴跟他们搭讪。当时我没想到他们也是哑巴或者也坚守不跟陌生人说话的立场。我说：“小朋友，你们玩啥哩？”

话刚一出口，我清醒地意识到在他们耳朵里我的话相当无聊，那不是明摆着嘛，他们在玩泥巴呢，不然是在玩啥呢？小女孩没抬头，小男孩抬头向我扬了扬眉毛，翻了个白眼，低下头窃笑着继续玩。

他们的无动于衷搞得我不知所措。于是，我又向前走了一步，一不小心踩坏了地上某只泥巴狗的一条腿。那一刻，小女孩偏头，侧着脸对我笑了一下，很轻很短暂的一个笑，很难察觉，她似乎在暗示我什么。

我抬起脚，第二次踩坏了另一只动物的某条腿，这次是故意的，上次不是。小女孩又侧过脸对我笑了笑，比上一次略长，而小男孩则怒目盯着我，嘴唇合成一小撮，嘟出来，活像一只正在拉屎的使劲往外翻的鸡屁眼。

我抓紧这个机会问，哪里有我可以去的地方，我是说哪里有人家愿意收留我。我不无得意地玩起了语言游戏，我说："比如说你们缺一个爸爸或者叔叔，你们也可以把我领回去啊，要是你的邻居缺的话，你们可以给他们带个信告诉他们，我很乐意那么干，做他们的爸爸或者叔叔。"

小男孩的双眼翻得更大，一甩头侧过去喷出泡口水，埋下头继续玩。而小女孩则扯了扯我的裤角，我以为她将告诉我应该去的方向。可是与我的幻想不同的是，她举起一个泥人，仰着脖子，手伸得相当长，可以看出她已经竭尽全力才把它举到一个尽可能的高度，乃至她的脸都有些变形了，大大的圆眼睛恨不得拉成椭圆形。

接过泥人，我发觉那是我自己。我从它的眼神和脸形中认出它是我，它跟我一样瘦弱，一样丑陋难看——左脸蛋不停地抽搐，嘴唇不停地颤抖，下巴骨向左使劲地扭曲过去，不断生长，右眼珠由于下巴骨的变化向下移了位，停留在以前右鼻翼的地方，所以，左眼高，右眼低，它们的垂直落差大约为两厘米，而斜线距离大约在四五厘米。

我对她笑了笑，拍拍头以示赞赏。同时，我的心底无限悲伤起来，悲伤是一个有歌声的词儿，只有它才能表达出我们心里冰凉却不黏糊的感情。对于这种情形，我无权也无能把它归因于胃痛还是抽筋。

从胃隐隐作痛那天开始，我的脸就慢慢变形了，这不是一个瞬间完成的动作，而是一个渐渐发生越来越厉害的变形过程。它一点一点地扭曲着我曾经还算清秀的脸，扭曲着我曾经柔若柳枝的身体。掉到城里后，它才缓慢了下来，几乎是蛰伏了，很少有动静。

八

翻看好一阵，我把泥人还到小女孩手里，她仍然仰着头，眨着大眼睛好奇地渴求地望着我。她没要泥人，把它推了回来，拉着我的手向前走。

小男孩坐原地纹丝不动。当我扭头看他时，似乎我们的任何经历行动都与他无关或者他根本当我们不存在，跟他毫无关系。

我跟着她一直往前走，她不是带我去有人家的地方，何况在目力所及的范围内，没有任何有住家的迹象。她把我带到一堆枯草前，松开我的手，扒开草丛，草丛不是很大，可是下边却隐藏着一个巨大的洞，洞里烟雾弥漫，虚无缥缈。把握不好猜测的尺度，我只能一脸茫然地看着她。

她站起来，往前欠着身子，往洞里看看，吐出小舌头做了个鬼脸，她招手示意我走过去。我过去了。我在距离她一米远的地方立定，我不想走过去看是因为我从小就有恐高症，尽管我没站在离地面很高的山崖上或者楼顶上，可是我站在离洞底很远的洞口边沿。见我不过去她撒开手，笑容诡异地翻着小脚板跑过来，拉着我的衣袖，不，拽着我的胳膊往前走。见我不走，她还转身到我身后，推车似的双手按在我的腰上推我。

我小的时候也经常那么干，坐在有坑洼的公路边上等候一辆拖拉机掉进去，获得推拖拉机的权利——当时，期待拖拉机掉进坑里几乎是我的全部愿望，说它是我的渴求也不过分，我觉得推拖拉机及触摸到它冰冷的铁皮是世界上最值得炫耀、最伟大、最幸福的事了——身体和车厢形成四十五度的角，双手压在车厢挡板上，脚尖蹬地，眼睛盯着刨出泥巴的车轮子。

来到洞前，她示意我也欠身往下看。她没说话，用动作指引我。我往下欠身，往里边看去什么也没有，只有不断上下翻涌的雾。眼睛的余光中，我看到她的小手抓住我的背心往前狠命推了一把。

眼前漆黑一片，我像一片树叶，从天而降，飘飘悠悠落下。凭良心说，这是一个相当优美的过程，慢腾腾的，似在梦中，充满了奇妙的眩晕，落到大街上。这是我刚才掉下那一刻没想到的。我以前或者刚才被拽进洞的那一刹那我以为只有死路一条，不过，这不算啥，至少我还活着。

一个人，游荡在这座空荡荡的城市里，没有他人，没有他人的影子，没有鸟儿从我头顶上掠过，也没有飞鸟的影子从我影子的头顶上滑过。

九

我要再一次告诉你，我曾经有过一座大房子，我曾经在里边过着闲适的日子。不过，我现在什么也没有了，提着一口破箱子，箱子里有几本书，游荡在城市的大街上。这座城市也算得上一座奇异之城，有大街，楼群之间是空荡荡的，或许一切都是一个幻觉，或者我故弄玄虚的安排，或者一种接近自动流露的意识支配下的梦呓或者呢喃，你大可不必当真。

当小女孩推我那一把后，我在瞬间以为我的一生就这么结束了，然而，事实并非如此，以前的只是一小截。它不是一个开头，不是一个结尾，更不是什么漫长得了不得的过程。我现在所存在的仅是一个开头。

我曾经无数次假设，要是房子没塌即使塌了我没离开老地方或者以前的各个偶然都不如所呈现的那样，现在的日子将是个什么样子？不过我没对将来做过多的假设，虚假的记忆占据着我颅腔的全部空间，使我感到劳累和沉重，容不得我去遥望什么。

如果硬要说我对我的后来存在某种隐约的期望的话，那就是我不希望遇上更可笑的偶然，我更愿意如此这般有气无力、懒洋洋地游荡着，不需假设和期待某个具体的点。这样挺好，要的就是这种存在状态，它由我漫无边际地回忆，对回忆进行扭曲，永无休止地游荡在大街上。

如果哪一天我突然悟透了某件事，虽然我现在还不知道我需要悟透什么，这座城一定会变成一座刚从梦中醒来的空气清新又潮湿的城市。不过，也许在我这里，我一生中这座城市现存的模样或者被假设的现存的模样不会改变。

现在我正在做的不是需要或者应该做的事，即使是我正进行的所处在的，唯有如此这般穿梭在记忆造成的种种障碍之中才是我唯一的状态，里边满是意象——房子，出走，箱子，不夜城，城市空荡荡的大街，大街上那一条孤单的人影，小女孩，小男孩，洞口，老人，十字路口，楼里很空，没有人居住，只有我一个人，两个中年人，一男一女像从没干过那件事，心急火燎。

小山

一

最近，我跟小山一直住在那排房子的第三间屋里，房子算不上好，但是我绝不会抱怨它很坏。我们是从刘老头手里租来的。有人说，这房子根本就是被人遗弃了的，不要的，刘老头只是把它捡来占为己有，稍微收拾收拾，使它看上去更像人住的样子，再租出去。

刘老头占据着铁路边上那排屋子，共八间，一间屋子一个月二十块，全租出去一个月他能得一百六十块。这没什么大不了的，他的收入并不算高，比起我们来差远了——这是我们每次都心甘情愿按时付房租的主要原因。

选这地儿住下，主要有四个原因：一是因为它是房子；二是因为它便宜；三是因为它靠近铁路，方便；四是因为它弥漫着浓烈的尿骚味儿。不知为什么，小山一直都要嗅着这种味儿才能入睡，那味道还必须异常浓烈、刺鼻，叫人无法忍受。要是没那味道或者那味道不够劲，他会睡不着。即使睡着了他也睡不好，噩梦一个接一个，搞得他惊魂四散。

天快黑下来的时候，小山把竹篮子挂到我的脖子上，拍拍我的肩膀——我们要上班了——我跟着他跨出门槛，转身左拐向铁路走去。再过几分钟，从成都开往上海的列车，就会从前边隧道里慢慢钻出来，汽笛拉得很响，开到我们跟前停下。

铁路两边人已经很多，老人、孩子、妇女，还有不少中年男人、小青年也混在里边，不过他们看上去不是很好意思，低着头，将篮子举得老高，遮住脸，生怕别人看见。只要火车一钻出隧道，他们就开始叫卖，卖花生啦、卖鸡蛋啦、西瓜啦、矿泉水啦，有桃子、李子、核桃、牛肉干……火车一停下，他们就蜂拥而上，将开着的车窗团团围住。

我也得冲上去。很多时候，我发觉我比他们厉害，往往冲在最前头，最靠近窗户，可惜我个儿小，篮子吊在胸前很难叫人注意。小山叮嘱我说："没人看见你你就嚷嚷，没人买你的东西你也嚷嚷，你要做的主要是让他们注意到你。"

肚子往前挺，使篮子更为显眼的同时，我就开始嚷嚷，先啊啊啊啊叫，后睁大眼睛，以企求的眼神望着他们。在这关键时刻，我嘴角总是流出该死的口水，一定很叫人恶心。我一边盯着他们，一边嚷嚷，一边抛眼色，小山站在我左边或右边，一边帮我把篮子举高些。

我们这一招很奏效，买我们东西的人总是比别人多。

每天打从这里过的火车有十六趟，小山说有二十六趟，也就是说，每一个半小时就有一趟火车从这里经过。这中间以短途为主，长途只有四趟——成都开往上海西的、上海西返回成都的、成都开往武汉以及返回的。之外的十二趟列车都是短途，分别抵达省内三个主要的地级城市。白天有十二趟过往车，夜里有四趟，所以，我跟小山的主要精力都放在白天。

白天短途车多，而短途车上的人睡觉的少，兴奋得不行，玩扑克的玩扑克，吹牛的吹牛，买零食也比长途上的人更疯更厉害，几乎见着哪样买哪样。长途车上的人，大多跷着二郎腿，或者脑壳抵在车窗玻璃上，头发上像蒙了一层水汽，睡得跟死猪似的，仿佛他们上车的唯一目的就是睡觉，一觉睡到终点站。

只有尿骚味儿变淡，小山不能入睡的夜里，我们才做做生意。大多时候，小山不许我起来，一个人兜着篮子出去，不一会儿，当火车又一次启动，地面传来轻微的、有规律的震动时，小山便回来了。

小山把篮子的吊绳从脖子上取下来，往地上一扔，显得十分疲惫，趴到地上，撅着屁股，鼻尖离地不到一寸，爬来爬去使劲地嗅，皱皱鼻子。

小山最爱说的话是“淡了，快要下雨了，湿气下坠，地很潮”，要不就是“墙上有条缝，风从这里灌进来，气味给吹散吹淡了”。

听他这么一说，我赶忙翻身爬起来，跳下床撒尿。我的尿从来不是很多，从来都有些黄，浑浊得厉害，我几乎能看见里边一粒一粒的颗粒。

屋子里又充满了浓烈的热乎乎的尿骚味儿，小山倒进床里，脸色安详，打起呼噜来。没他的呼噜声，我也很难入睡，也会噩梦一个接一个，搞得我惊魂四散。

二

八间屋子里住的人都跟我们差不多。

第一间屋住的是刘老头自己，这里离火车近一些，跑起路来自然占便宜。

第二间屋住的是刘老头的堂弟，他跟刘老头长得一模一样，一般人很难区分，什么事都找刘老头帮忙，俩人经常斤斤计较，小吵小闹。

第三间屋，我已经说过了，住的是我跟小山。

第四间屋住的是一对母女，女儿倒是挺聪明的，不过她老娘却跟我差不了好多，嘴角里经常流出口水。还有，她老爱舔自己的手指头，只要一没人，她就把手指塞进嘴巴里，有人来了，她便赶紧把手指头拿出来，藏到背后去，生怕别人检查她手指上是不是有口水。

第五间屋里住着一个捡垃圾的家伙，说不清楚他究竟有多大，阴天他看上去有八十岁，晴天他看上去最多不超过四十。他把捡到的一切垃圾都堆在屋里，屋里苍蝇漫天，蚊子也很多，还有许多不知名的小虫子。晚上睡不着觉的时候，他就爬起来，把他的宝贝们分门别类，金属的跟金属一块儿，纸品跟纸品一块儿，吃的跟吃的一块儿，玻璃瓶绝不跟塑胶瓶相混淆。等垃圾堆上去顶着屋顶了，他就跑到镇东口，把垃圾回收站的人找来，一下子把它们买个精光。这之后很长一段时间里，我们都很难看见他的踪影：他夜里出去喝酒，白天在屋里睡大觉，日落时分，酒醒得差不多了，他又趔趄着出门，溜进镇子，找个小餐馆继续喝。

第六间屋住的是我们的仇人，准确说是小山的仇人。里边有个跟小山一样聪明的家伙，他们俩总是给对方白眼，朝对方的背影啐口水，还暗地里比脑壳，看哪个的脑壳更聪明，更好使，想出更多好办法。既然他是小山的仇人，也就是我的仇人，看见他的时候，我也不给他好脸色，他的同伴看见我也从不给我好脸色，但是也不知为什么，我们两拨人居然从没打过架。

第七间屋里住着一个大姑娘，鬼才知道她为什么住到这里，跟我们这些家伙活在一起她不恶心吗？她的屋子布置得挺不错，墙上贴了不少风景画，床放在屋中央，是单人床，钢丝的，床上方吊着一个布玩具，像一只小狗又似小棕熊。窗帘是浅蓝色，上面有许多白色的细碎小花，煞是好看。窗下有一张小桌，桌子是刘老头借她的，三条腿，没腿的一边紧靠在墙上。桌上有一盏台灯，晚上她就把吊在屋顶上的灯灭了，打开台灯，端个凳子走出来，坐在屋檐下，听我们吵闹。她是个怪人，比我们还怪的怪人，只在这儿住着，听听看看，什么也不做，有空没空往屋里喷香水往屋外喷点杀虫剂。

第八间屋里住了一把空气，在没刘老头注意的情况下，很多流浪汉跑进去拉屎、撒尿、生火、做饭、睡觉，杂七杂八的东西扔了一地。这屋是最脏、最臭的一间，就连小山也不愿接近，他说里边满是屎臭味而不是令人兴奋的尿臊气。后来，因为第七间屋的姑娘抗议，刘老头将这间屋子给锁了，刘老头十分害怕她——因为她太漂亮了，我们都知道，无论在哪里，漂亮的婆娘都像核武器。

三

我跑到铁路边上，站得离铁轨尽量远些，火车带来的那阵风经常把我刮倒。小山站在我前边，他的脖子上有块很大的梅花形的黑痣，黑痣上边长了几根毛，大概是三根，我猜测的。左边那根往右倒伏，右边那根往左倒伏，中间那根毛是花白的，从它左右两边的毛搭成的三角间穿过去，好像一支搭上弓的箭。

我耸耸脖子，走上去，对准他的黑痣，不，准确说是对准他那三根毛吹了吹，三根毛都往脖子的方向倒下去，不过，它们又一下子立起来，回到老样子。他反过手拍了拍，说："别闹，火车马上就来了。"

我又对毛吹了吹，跟先前一样，它们齐刷刷倒向脖子，又同一时间立起来弹回原处。吹它们起不了作用，于是，我偏着脑袋把嘴伸上去，咧着嘴，露出牙齿——我想我的牙齿应该不会很脏，今天早上我刷了一次，但是牙缝里绝少不了菜叶什么的，至于牙齿间抽烟搞出来的黑色小山也有，他对此不可以有什么抱怨——咬住那三根毛，他摇摇肩头，肩头往后一顶，我就退出好几步远。他又说："别闹，我已经感觉到铁轨在震动，火车马上就来。"

好不容易我才站稳，一站稳我就走上去，打算再次把嘴凑上去，今天不拔掉他那可恶的黑痣上的可恶的毛我誓不罢休，嘴巴又一次贴到了他的脖子上。这回，我要了个小聪明没立即咬他的毛，而是把下巴靠在他的肩膀上。他说：“怎么了？”

我没回答。

这次他扭了扭头，又问：“是不是累了？”

我没回答，动动下巴把上下牙敲得咯咯响，冲毛哈了口气，紧接着把牙齿压上去，嚓的一声迅速咬下去。我必须身手敏捷，要不他又会把我推开很远，不再让我接近他。

他反手捂住脖子，尖叫起来，他的尖叫声非一般尖锐，使人感觉它能划破我脖子前边篮子里的啤酒瓶儿,尖叫之时他也没忘记狠狠推我一把。

我往后退出几步，其实我不会倒的，为把小山逗得哈哈大笑，我故意把后退做得十分夸张，又退出两三步远。

这下糟了，我没想到往后一倒我居然真的四仰八叉栽进了水沟里。水沟里什么都有，洗碗水、洗脚水、屎啊、尿啊的也有，我还发现了一条爬满灰乎乎的小飞蛾的卫生巾，它们嘴巴杵在上边一边爬一边吸，被我巨大的身子一砸，它们嗡地飞起来扑到我脸上。我赶紧甩了把脸，使劲想从水沟里翻身爬起来，然而我失败了。

小山跳下铁路，跳到水沟坎上，一把拽走我吊在脖子上的篮子，跃回坡上的芦苇丛，猫着身子，头几乎埋到了地上，想把散落的东西一一找回来。有一袋瓜子他还没找到，火车的汽笛声已经响起，他只好跑回去，从那些人的肩膀间挤过去，抢了个比较好的位置。

晚上，洗好裤子，小山把它们搭在屋外的竹竿子上。架子是刘老汉作为房东提供的不多的几项服务之一，他说这是他儿子告诉他的，应该为租房子的人提供一些方便。搭好裤子，小山走回来，双手托腮，手肘撑在窗台上，左脚靠在右脚脚背上，不停地晃荡自己的屁股和腰。他回过头，手依然托着下巴问：“哎，断臂，你说他们会不会来收我们的裤子？”

我使劲咬住下嘴皮，翻出白眼狠狠地点点头。

小山脸上露出没劲的表情，回过头，有一声没一声地说：“要是他们不来呢？”

反正他看不见，所以，我又点了点头。

头抬起来时，我看见他正看着我，眼睛瞪得很大，跟牛眼似的。我立即摇摇头。

“你究竟是摇头还是点头？”

既然他搞不懂我是摇头还是点头，我就把头摇摇又点点，点点又摇摇。

这回我把他搞火了，他冲回来，举手就要给我一巴掌。我给吓坏了，眼睛死闭，皱着脸，脖子却伸得很长。

啪！他拍死了一只蚊子。他把蚊子抹到我的左脸上，蚊子肚皮黏黏的，有血。

小山又问：“断臂，你说他们今晚会来吗？”

我没回答，只直愣愣地看着他，因为我的确不知道他们会不会来。

他把右手食指伸进左边鼻孔，旋转一周，在里边使劲掏掏，把粘着黏糊糊的灰黑色鼻屎的指头放进嘴里，快活地吮上一口，说：“我想他们一定会来，他们肯定会来，他们绝对不会放过你的裤子。上次他们往我裤子里撒了一把石灰粉，没理由不往你裤子里也撒上一把。”

我摇摇头，嘴也嘟起来。我这才突然发觉我嘟起小嘴的样子很好看，至少我的嘴唇很漂亮。

他惊讶地伸过头，屁股顶在窗下墙上，皱着眉头，调高嗓门问：“你说他们不来呀，他们不来才怪呢！我们这屋里，除了我就数你最令他们讨厌了。他们会来的，会来的，你跑不了，明儿一大早我们就知道结果了。我希望他们别先往你裤子上浇上一盆水再撒石灰粉，我可没多余的钱给你买新裤子，你也别想。”

我点点头，点头就好。

小山身体靠在墙上，往下一溜，一屁股坐在地上，打了个哈欠，说：“那你生火吧，该死的蚊子越来越多，昨晚我都没睡好。”

我也坐到地上，头埋进裤裆里，用脚打开火柴盒，从中夹出一根火柴，抬脚放进嘴里，再双脚捧住火柴盒，头往右狠命一甩，在火柴盒上擦了一下火柴，擦到第三下，火柴燃了。

我扔下火柴盒，左脚夹起一片纸放到嘴巴前的火焰上方，纸一点着我就吹掉燃烧着的火柴。有几次因为操作缓慢，我的嘴唇和年轻的胡须都给烧着过，厉害得起个大水疱，一半嘴唇麻木了半天，感觉不到冷热酸甜。

我用那张正燃烧的纸点燃更多的纸再点燃木屑、晒干的西瓜皮、烂皮带、破胶鞋、芦苇叶、树枝等等。蚊子一会就没了，它们比我跟小山更害怕这些杂烂发出的熏得人直流眼泪的烟，烟里有各种各样的气味，或许它们怕的是这个。

四

住第七间房的姑娘晚上总是很晚才睡，早上起床很迟，几乎都到中午她才起来，头发乱蓬蓬地走出房门，神情慵懒，在屋外随便走动一圈，再回到屋里。

她坐到窗户下，窗下有一张桌子，桌上有一块方镜，对着镜子装扮自己。她的头发算不上多，不长，但是有些浅淡的红色混杂着黄色。她的眼睛大大的，并且每次梳妆的时候，她总是把眼睛睁到最大，轻轻地弄着眉毛和睫毛，描上一层淡淡的眼影，眼皮眨了又眨，直到自己感觉不错才停下。之后她往脸上搽粉，给嘴唇涂上冷色的唇膏，咧咧嘴，看看牙齿。她的牙齿洁白，而且都很大，一颗颗并排着就连犬齿也不尖锐。接着低头看看自己的胸部——她的胸不大，小小的，但是夏天稀薄的衣服却使它俩格外显眼——抬手把两手的拇指和食指从低低的吊带上方伸进去，理理胸罩，要不就只在表面上提提挂在肩膀上的吊带，使它把胸脯遮得更多一些，不至于看见更多的乳房和乳沟。

做完这一切，她就要开始工作了，脖子上挂上一台照相机——我脖子上挂的是篮子，手里捏着一台银灰色摄像机——我没有手，走出屋子，左转走过六间房子。起初她还跟把脑袋伸到窗前打量她的人打个招呼，但是，渐渐地，日子一久，她开始对窗前的人爱理不理。

走到那排屋子尽头，再往左转身，走过架在水沟上长不足两米的石板桥，踩到铁路路基的斜坡上。爬完路基斜坡，她会穿过那几条交叉错落的铁轨，翻下路基斜坡，滑到坡底，跨过另一条干涸的水沟，弓着腰，撅着屁股——她的屁股紧实，呈月亮形，穿的内裤也小，在屁股上勒出两条月弧形痕迹——两手抓住坡上的杂草，一个劲儿向上爬。反复几次下来，她已很熟练地掌握了一套爬坡本领，速度越来越快，也没再从坡上滑下来摔下来。

她钻出茂盛的杂草丛，爬上对面山丘的丘顶，两只手互相抹掉粘在手臂上的碎草叶、伞状的白色绒毛样的蒿草花，抹抹胸脯，她的乳房抖了抖，颤悠得厉害，拍拍肚皮，拍拍小腹，最后弓下身拍自己的大腿，双手反过去在屁股上抹上一把，一盘腿坐到了地上。

她开始观看山下的铁路，用照相机对锃亮的铁轨、垫在铁轨下的灰白色石头、黑色枕木，对枕木上高高突起的螺栓、螺帽拍照。她拍出的照片几乎能看见由于天气过热铁轨上热气升腾而引起的空气的波动，拍火车驶出隧道那一刻的灯光，拍它迎面驶来的轮子转动的节奏，最后，她拍得更多的是人，火车里的人。她拍下他们往外张望、买东西的样子，玩扑克、站在车门跟前抽烟的样子，拍下这个小站上热热闹闹、拥挤不堪的场面，拍下我们这些小贩紧张、焦虑、急促、忙碌的神情跟动作。

把小站上的一切都拍得差不多了后，她开始用那个银灰色摄像机拍我们。这回，在山顶上以俯视的姿势拍了几天后，她不再去山上，而是跟在我们身后，嘻嘻哈哈地要求我们往她的镜头里看。我从镜头里看到了自己，一群人跟在我后边，都把脑袋伸到我的脑袋周围，惊愕地看着我。我的脑壳最靠近摄像机镜头，我回头看他们，他们也回过头；我回过头看镜头里的我，他们也回头跟着我把脑袋靠近镜头——镜头里有一群脑袋，头发蓬乱得脏成一团饼顶在头顶上。

五

一场大雨后，铁路两边干净了许多，路基上的灰白色石头变成了青灰色，铁轨也变成了黑褐色，被废弃的铁轨长出一层又一层的锈，锈成红色。长在对面山坡上的草都向下倒伏，留下大雨冲刷的痕迹。水沟里却满是淤泥，偶尔有塑料饭盒的一角从淤泥里露出来，还有西瓜皮、花生壳、一次性木筷、泥黄色纸巾、白色塑料袋，总之，水沟的淤泥下边应有尽有。

那天，我跟小山破例没去铁路上，在床上睁大眼睛一直躺到大中午才起床。起床后我们就看见第七间房的姑娘把摄像机抵在右眼上，把脑壳晃来晃去，对这个照照，对那个照照。

小山一抬脚跨出门，两手叉腰，打了个哈欠，前后左右扭转脖子，我也跟着扭。他的脖子嘎嘎发响，我的脖子却叫都不叫一下。他甩甩脑壳使自己更清醒一点，说：“你有病啊，一天到晚对着垃圾拍来拍去。”

她回头面无表情看着小山。

小山说："我说你没事找事，要拍拍好一点的去，镇西边那儿有条河，你会喜欢的，镇东边的寺庙你也会喜欢，别在这里晃来晃去的，见着叫人恶心。"

她没回答，扭过头，对着地面继续拍。

有一次，她看见一队蚂蚁，蚂蚁正成群结队往草丛里搬，马上扔掉挂在肩膀上的挎包，跑到草丛边上蹲下去对准地面慢慢移动摄像头好长一段时间，直到最后一只蚂蚁屁股消失在洞眼里。

小山说："还要下雨。"

"这我知道。"她头不回地说。

小山又说："那你知道它们中间哪些是母蚂蚁，哪些是公的吗？"

她瘪瘪嘴，皱皱眉头，横小山一眼站起来，推开小山一边拨弄镜头一边朝她的屋走去。

小山走回来骑到门槛上，伸手一把捏住了挂在门上的锁，锁生锈了，有水珠不断从锁眼渗出，水珠带有锈屑呈橙红色。他说："断臂，把锤子给我拿来，我要砸。"

我摇摇头。

他又说："断臂，那把菜刀给我拿来，我要一刀砍掉它。"

我摇摇头。

他站起来，走到床前，蹲下去，头钻到床底下，脖子抵着床沿，歪着嘴很困难的样子将锤子从床底下拉出来，提着还没走到门前，一把就将锤子甩过去砸到了门上。不对，他没砸准，他没砸到锁反而把门砸了个很深的印记。

我嘿嘿一笑。

他很愤怒，咬牙切齿，冲过去身子都没弓一下，一脚将锤子踢到空中，伸手抓住，一转身又一锤狠狠地砸在门上。这回准了，他一锤子正好砸在锁上，但是依然没把锁砸下来，锁给砸得陷进门板更深。

我摇摇头。

他看看我，眼睛里有股杀气，脑袋一偏，又一锤子斜斜地砸在锁上。锁歪到了一边，效果明显。他又照刚才的样儿给锁第二锤，锁又往前偏出很多。于是，他嘿嘿笑着又甩过去一锤。

我点点头。

他赶紧又举起锤子，锤子在他头顶久久直立。我把下巴朝胸口上一磕。他一把将锤子甩到门外几米远的地上，地面上砸出一个窟窿。

小山眼珠一斜，翻出白眼，走出去，挥手划脚吼叫道："拍什么拍，有病啊你！"

一个人影跑过去，低头捡起锤子跑回来，把它递到小山手上。

"一下子敲得我心颤颤浑身惊悸，你再砸，把它砸下来才算完事，你砸我拍，就算你砸给我拍的好了，拍完了我出钱买新的。"她的声音很细。

小山把锤子捏在手里，看看锤子，扭头看看我，又看看那姑娘，看看摄像机，最后扭头又看着我。我歪着脑壳，冲他做了个鬼脸。他举起锤子，锤子立在半空中，久久不落下来。

"哎，你砸啊！砸呀！怎么还不砸？"

他没回答，依然举着锤子，锤子高高立在半空，天空不蓝，层层乌云迅速向东边移动。

她围着小山猫着背不断挪步，摄像头一直对着锤子，绕完一圈，她把摄像机从眼睛上拿下来，一脸疑惑望着小山说："哎，你给我砸呀。"

在这一刹那，小山一锤将锁砸了下来，是朝上几次砸锁的相反方向。

第七间房的姑娘给小山气得跺脚瞪眼，咬住下嘴唇走开了，走出几步她又倒回来，皱皱鼻。她的鼻梁很好看，不但干净洁白，还因为它显出一些娇气，是个相当会撒娇撒欢的婆娘。

"哼，下次我找你，记得了吗？下次我找你。"

我摇摇头。

"我找你砸掉我门上的锁好了吧？"

我摇摇头又点点头。

"小气鬼，小山你是个小气鬼。"

六

我们经常从一个地方转移到另一个地方，这样的转移又分为两种：大转移和小转移。

大转移指离开一个地方，顺着铁路走下去，直到找到一个合适的地方才停下来，找个能住的地方住下。一般说来，我们在一个地方待的时间不会超过半年，七八年来，我跟着小山顺着铁路从一个地方搬到另一个地方，离开一个地方又努力地寻找着下一个可以待上一阵的地儿。我们就是这样，从北方走到南方，又从南方来到西边，从西边向北边转移。我们发觉，最适合我们待的还是南方，它的冬天不是很冷，不需要很多衣服，更不需要没完没了的柴火点着没完没了的火，何况，这里铁路两边的人口总是比北方或者西边稠密些，地面也没东边那么潮湿，河道不多。

小转移是指从一个小地方搬到另一个小地方，比如从镇东边搬到镇西边，比如从桥洞搬进新找到的屋里，比如跟投缘的人合住到一起，过吃大锅饭的日子——这样的日子从来长不了，开初大家都合得好好的，但是时间一长，人们就开始为一些鸡毛蒜皮的事斤斤计较起来，一些人开始打小算盘，一些人闷声不说话。所以，越往下走，跟人合住的情况就越来越少，到现在几乎已经没有了，大家都各住各的。即使问寒问暖的情况也少了。我跟小山还将继续走下去，至于走到哪里，走到哪一天，我们自己也不清楚。

在这里已经住了近三个月，再过一段时间，秋天就要完了，冬天紧跟着，尽管这里已经够南边了，它的冬天依然十分寒冷。我们计划着再往南迁，为此，需要准备足够的盘缠，半夜也开始做生意：晚上从这里经过的火车的时刻分别为十点、十二点、凌晨一点和五点。

又传来了铁轨震动的声音，我赶紧翻身下床，跑到小山面前，他睡在凉爽的地上。我狠狠地踢他一脚，他翻过身，胳膊搭到耳朵上，继续打呼噜。我又给了他的背一脚，比上次踢得更狠，他翻过来，手搭在额头上，仰面瞪着眼睛不知所措地盯着屋顶，之后歪头看看我。

月光洁白，投进窗子落在地上照出一块菱形光斑，晚上十点它离门口不到一米远，十二点它就爬到了墙上，凌晨一点只剩下一块三角形，一过两点光斑就彻底没了，屋外却依然皎洁一片，地面像一片雪地。

看我一阵，小山翻身坐起来，双手搭在膝盖上，疑惑地问："车来了？"

我点点头。

"我没感觉到啊，我睡地上不就为了能更早一点感觉到地面的震动吗？"

我摇摇头，蹲下去，看准他的左边脸啐上一口痰。痰倏地被我啐出去，直刷刷地射到他脸上，开始往下流。

小山抬手用衣袖擦掉痰，爬起来，一脚踩在我的肩膀上往下压，把我压趴在了地上。他的脚没挪开，一直踩在我的肩上。

我反过头看着他，他样子高大无比，收紧皮带，脑壳钻进衬衣里，穿好衣服，埋着头两手齐下掐进眼眶里掐掐眼珠，揪住我的后领把我提起来，让我站稳，蹲下去把篮子从床底下拉出来，挂到我的脖子上。篮子很沉，跑动时候它晃来晃去，使奔跑更加困难，我跑多久它就在我胸前秋千似的晃荡多久。

跑到铁路上，我停下来，站在小山侧边，我一直想：哪天火车能翻出轨道，要不铁轨给人偷了，这样我就可以歇上几天，小山的脸也不必每天给我狠狠地啐上一口叫人看着就恶心的痰！

已经传来了火车的汽笛声。我们赶紧跳出门槛，往铁路边跑去。铁路边站着的人很少，稀稀拉拉只有几个，还全是一些老头儿老太婆。他们一窝蜂围上去，围住窗口，把篮子举在胸前或者扛在肩上吆喝开来。无数飞蛾也飞过来扑打车窗，它们扑上去给弹回来，又扑上去，又给弹回来。

小山推我一把，我拥上去，用两只断臂在人群里推推搡搡，挤到最前边，仰着脑袋。小山也从人腿里钻了进来，跟到我身边，一只手扶在篮沿上，另一只手拿起一罐儿饮料，呐喊道："可乐！可乐！百事的、可口可乐、非常可乐啦！矿泉水！娃哈哈、农夫、乐百氏！有花生！有皮蛋！香蕉啦、瓜子啦，牛肉干牛肉干……"

做生意有做生意的门道，在不同的地方做生意要遵守不同地方的门道。在铁路上做生意你得用铁路上的规矩，在南方的铁路上做生意你得用南方铁路上的规矩，在这个小镇子上我们得用这个小镇上的规矩。当然，你要是足够聪明，在任何地方你都应该有两套方法，遵守当地方式的同时掺和进自己的方式。

喊叫的同时，小山注意着别人的生意，只要有面值超过十元的钱伸出车窗，而又在他伸手可及的范围内的话，他会一把抓过来，掉头便跑，趁夜黑逃出人群找个地方躲起来，笑个四仰八叉。他说："一伸手抓十块比你卖两次火车都强，一瓶水你能赚多少？反正我们马上要走了，要是夜里，他们鬼都看不见一个。"

这样得来的钱往往占我们收入的大部分。

一只手递出两块钱，问我要一瓶矿泉水，小山接过钱，不住点头感谢拿出一瓶水递上去。但是买东西的人毕竟是少数，车厢里，一些人在睡觉，一些人额头靠在窗玻璃上，鼻子伸到窗外，做出各种各样的表情好奇地往外看。

小山顺着车厢往前走，我跟着他，一个窗口挨着一个窗口地问："来一瓶儿？"

摇摇头。

往前走几步问："来一瓶？有可乐，有矿泉水，还有小吃。"

摇摇头点点头。

一个女的把手从窗里伸出来，操一口上海话，声音细腻地说："哎，小伙子，给我一瓶矿泉水。"

小山看着她，接过她手里的钱，从吊在我胸前的篮子里好半天才掏出一瓶水，递到她手里顺手捏住她的手，说："别急啊，等我找你钱。"

他又说："小姐你长得真漂亮。"

那女孩笑笑，右手托住腮帮，一脸天真地看着小山。

火车已经缓缓启动，路基上发出鹅卵石相互挤压的咔嚓声，铁轨开始震动，嗡嗡鸣叫。火车越来越快，要不了一分钟它就会驶出这个小小的站台，消失在黑夜深处。

七

太阳还没升起来，屋外就吵闹得厉害。我坐到床沿上，闭目让脑壳鸡啄米似的点了很久，里边的混沌去得差不多了，才站起来，眼睛依然闭着走到门前，睁开眼，把脚尖插到门与门框之间的缝隙里，轻轻往里一推，推开门走出去。

外边温度很低，空气清凉，风吹在身上还有些冷，我的胸口和胳膊上都长出一层鸡皮疙瘩。很多人围在第六间房门前，叽叽喳喳地往里边看。第七间房的女孩子拿着她该死的机器对着人群转来转去，一会儿拍拍他们的脸蛋，一会儿拍拍他们的手势，一会儿又冲进屋子，镜头对准屋中央的地面拍。拍完又跑出来，站在门口或者趴在窗台上，换个角度往里边拍。最后，她再次跑进屋里，叉开双腿站在屋中央从屋里边拍围在门前的人。

她首先关注的是第四间房里的母女，她们在门前。太阳出来了，金灿灿的阳光洒到地上反射回来很刺眼。眯缝着眼，她用镜头对着她们说："小花，你笑一个。"

小花咧嘴勉强地笑一个，她肯定好久没洗过脸了，鼻涕糊在脸上干后的硬壳在她笑的时候一片片翘起。

她又说："再笑一个，你笑得够好看呢，再来一个更棒的。"

小花真的又来了一个，挨痛往后一仰头，嘴巴朝天，张大喉咙把眼泪都笑了出来。

看小花这么一笑，她老娘也跟着笑，围在那里的人，见小花跟她妈妈笑也笑起来，所有人无缘无故地笑成一片。

见大家笑，我也跟着笑。我的笑声最大最怪最难听，咯咯咯的，麻线抽动般叫人背心起鸡皮疙瘩。

她把摄像机对准我，兴奋地说："笑啊，断臂，继续笑，把头往后边仰，眼睛闭上，使劲把眼泪笑出来，笑不出来你就给我挤出来。"

尽管眼睛闭着，太阳依然白晃晃亮，刺眼，无数小圆圈在眼前飞舞。圆圈都像太阳一样有分层的光圈光焰，在不同的层，光焰又是不同的颜色，它们飘来飘去，很难捕捉。我咬紧牙，眼皮使劲相互一挤，眼泪就顺利地渗出来，从眼皮缝里流出去，流过眼角，顺着脸颊流下去。它们流淌迅速，一下子就到了我的嘴角，流进嘴巴里咸咸的。

她跳起来，甩手在半空中打了个响指，尖叫着说：“你真是太棒了，断臂。”

我睁开眼睛，阳光一下子灌进眼里，很叫人难受，眼睛一下子自动关上了。我又睁，我睁开眼睛看着面前的人，他们一个个看着我，呆头呆脑，傻不拉几的。我用好一阵时间才习惯见着阳光，甩甩脑袋跨过门槛左拐，往回走。

小山拦住我，走到第七间房女孩面前，一掌推在她胸口上，恶狠狠地说：“老子警告你，别老逗他玩，他比我们都聪明，只是他不会说话。”

她先是害怕，眼神直愣愣地看着小山，后是把鼻子一皱，鼻孔里哼一声，泼妇一样大叫起来：“这是我跟他的事，你管得着吗？”

“我管得着吗？”小山看看我说。

我没摇头，没点头，看看小山，又看看她，再看看小山。

小山说：“你跟她说，我管得着吗？你跟她说。”

她在一边朝我叫道：“你是你个人的，他管不着，凭什么你什么都得听他的。”

我不知道该什么办才好，不知道该偏向哪一边。

我走到第六间房门前，一只脚踩在门槛上——门槛已给蛀虫弄成一团糟，上边满是蚯蚓形状的凸凸凹凹——伸开两臂，撑在门框上朝屋里看，屋里空荡荡的，曾经铺满棉絮的地面现在只留下一泡尿的痕迹，痕迹鲜明，像刚浇上水。

八

小山越长越大，我感觉到了。

刚遇见他的时候，我们个子一样，甚至我还要比他略高一点，手掌一样大小，脚趾头都一样粗细，可以穿同一双鞋子。但是现在，我的个头只有他肩膀高，眉毛没他粗，耳朵没他大，跑起来也没他快，就连打出的呼噜声、说出的梦话都没他响亮，撒尿用掉的时间也没他长——他撒一泡尿至少需要两分钟，当然，这也跟他喝水多撒尿的次数比我少有关系。

他很少让我喝足够的水，一天仅给我三杯水。他教训我说必须少喝水，保持尿液的浓度，使它有足够的劲儿散发出足够的尿骚味儿。还有，我的尿都必须撒在墙角他指定的角落里，要是哪一天我故意把尿撒在了别的地方或者忘记把尿撒在那里，他便惩罚我——禁止我在撒出尿之前吃饭，只准坐在指定的墙角里一杯一杯地喝下三杯水。

九

这里的冬天不是很冷，小山突然改变主意要继续留下，他没别的想法，只想看看这里的冬天是啥样。我点点头，冬天我们是看见了，它和南方大多地方的冬天没什么两样。它有它的大雾，有它的霜雪，雾大的时候多，起霜的时候少，下雪更是不大可能，这里要好几年才轮上一回雪。

一大早我尿急，起床站到地上，睡眼蒙眬地打着哈欠朝门口走去。脚尖踢开门走出屋的那一刹那，我张嘴深呼吸了一口，逼人的寒气扑涌到脸上，冰冷刺骨，扑涌进喉咙一股气蹿进肚里，感觉异常舒服。眼前不到三米远就彻底看不见人了，雾气很大，白蒙蒙地涌动着。

远处传来孩子跑动的喊声。只要冬天一到，某天早上又大雾弥漫，看不大清楚路的话，他们就三三两两向学校跑去，有时是人更多的一群。这样不但驱寒，还加快了到达学校的速度，最主要的是好玩。

他们顺着铁路奔跑，跑一段时间，跑在最前边的那一个孩子便爬上一座山丘，将火把举到山坡上点着一片枯草，枯草哔哔剥剥燃起来，火总是越燃越大，还不等那群娃娃逃窜下山，火势已经大到不可控制。当然，也有他们一转身火就熄灭的情况。

他们喜欢顺着铁路奔跑，路基上杂草很少，几乎不会弄湿鞋子。雾气浓重的早晨出过不少事故，都在孩子身上。早上有一列快车不在这里暂停，它的速度总是快极了，嘹亮的汽笛声带着轻微的回荡能传出好几公里远。列车冲出隧道，只听见一片铁轮碰撞在铁轨与铁轨交接处时发出的沉闷的哐当哐当声，拽着尾巴上由于雾气遮挡而变得昏暗的灯光，绕进前方的弯道。继而灯光也不见了，只剩下一片沉闷的哐当哐当声——逐渐小下来——听不大清楚——隐约可闻——最后消失了，像什么事也没发生过似的，根本看不出有火车经过的迹象。

我有一步没一步地走到草丛前，蹲下去，抬右脚曲卷回来，大脚趾插进裤腰里，夹住松紧带，将裤腰拉下来，往前一挺裆部，半眯着眼儿，仿佛在蔑视某个人，瘪着嘴把尿抽了出来。

尿哗哗啦啦掉到地上，溅起无数细碎水花，水花暖暖的，打一个抛物线又溅到我的脚背上、脚踝上。没想到这些细细的小小的家伙，在这个大雾弥漫的早晨居然给我带来了这么多快乐与惊奇。我收腹缩膀胱控制尿的流量，尿的射程变小坠落点也靠近我，很多细碎的温暖的可爱的水花也更多地溅在我的脚背上、脚踝上。浓浓的热乎乎上升的气流把我面前的空气也温暖了一大块，给掺和进很多尿气。

撒完尿，我小心翼翼回到屋里，左脚蹬掉右脚上的鞋子，右脚踢掉左脚上的鞋子，倒进床里，打个滚儿，翻过去故意使脚吊在另一边床沿上，在小山鼻子上空一晃一晃又一晃。他从来都是在地上铺一条棉絮睡。天光渐明，能很清楚地看到我的脚一直有规律地、不停地晃来晃去。

十

下雪那天，铁路上很漂亮，雪浅浅的，青灰色铁轨半隐半没在雪里，从隧道里伸出来，慢慢弯曲，蜿蜒到我们面前。往右伸展是很长一段笔直的铁轨，伸到远处两座山丘之间的隘口里，又开始慢慢弯曲，最终消失在远处。周遭山坡上的草丛、灌木、柏树以及别的草木上，老远处那座寺庙的屋顶上也都满是雪，雪白白的，不是很厚。枕木上的雪显得比周围物体上的雪更多些，能一捧一捧地捧在手心里。

可惜我没手。

小山跟在我后边，却先我一步踩在了铁轨上，弓下身，手放进枕木上的雪里，两手往中间慢慢轻轻合拢，枕木上出现一片没雪的空白，空白湿湿的，有摩擦过的痕迹。手心里挤压满满一捧雪后，小山站起来，走到我侧面，看看我，对我笑笑，走到我后边，一只手揪着我的衣领，一只手小心地把雪放在我的颈项上，生怕洒了一丁点。

我耸耸肩，摇摇颈项，抖抖身子使雪全部掉进背心里。雪一直往下落，顺着脊骨，最后掉进裤腰里。于是我蹦跳个不停，雪又从裤腰里滑进裤裆里，到这里，雪已经化得差不多了。一不小心，我栽了个跟头，一头扎进枕木与枕木间的空格里，身体往前一翻，整个人竖着躺在枕木上。要是火车现在开过来，只要我屏住呼吸，紧紧贴在枕木上，不被它卷来的风吹动，它绝对轧不着我。

躺在枕木上，我闭上眼睛，阳光温暖，照在身上有些烫人。我睁开眼睛，太阳很好，天空晴朗无云，又高又空，一眼就能望见它的底色，浅浅的蓝。我的四肢像一下子瘫痪了，人也像一下子从极端的困顿中倒进被窝里，一动也不想动，连呼吸一下也不想。我又闭上眼睛，分开两只不足五寸长的短臂，叉开双腿，耳边响起一片重叠的嗡嗡声。

我艰难地微微睁开眼睛，蒙眬中隐约看见小山在呐喊，我听不到他的喊叫声，一切像梦里一样极度清醒而又极端恍惚不确定。

小山一把揪住我的衣领，把我提起来，扔出去。在他手心里，我感觉我就是一件厚厚的棉大衣。我只有一件厚厚的棉大衣那样重，被抛进空中，被空气托着飘飘悠悠落到路基上。一块拳头般大小的鹅卵石顶住了我的背，背很痛，几乎叫我直不起腰来。

小山跳过铁轨，手里捏着一把雪，跑到我面前单腿跪下，一巴掌拍在我脸上，以手掌为轴心狠狠地摩啊摩啊摩，脸皮都快给他擦掉了。好一阵后，他终于冷静了下来，停下手，放心地叹一口气，走回去踩到枕木上，猫下去两手一合捧回一捧雪，捧到我面前，手放到我嘴唇上。我看看他，他也看看我，我笑笑，他把眼睛瞪成牛眼。

我深吸一口气往肚子里一憋，嘭的一吹，雪花从他手里焰火似的喷射出去，糊了他一脸，飞得高一些、落得慢一些的雪花飞舞着飘落到他头上，大多头发突然间就花白了。他跑回去，又捧来一捧，伸到我面前。我看看他，笑笑，憋足劲儿，一口气吹下去，雪花又四散飘落，落在他的鼻尖上、头发上、额头上、眉毛上、睫毛上，鼻孔下边胡须上也糊了不少。雪花一落完，他立刻转身，跑两步再次跳进去踩在枕木上，蹲下去，双手捧雪。

小花也跟了上来，她跟在小山后边，小山做什么她便做什么，小山捧着雪来到我面前，放到我嘴前让我吹，她就把雪捧到自己嘴前，放蝴蝶一样把它们吹出去。她的气息小，吹出来的雪花散不了很开，却异常好看，看上去十分柔弱十分可爱，几乎仅仅是一些碎屑而不是雪花在飞扬飘落。她一个人蹲在枕木间的空格里，吹了一次又一次，雪花飘扬坠落一次又一次。这期间，她妈妈一直站在路基外，叼着手指尖，口水顺着指头缓缓下流，傻呵呵笑。她的头发很乱很脏了，衣服也很破，甚至脸上也找不到一块稍稍干净的地方。

火车从隧道里钻出来，缓慢地驶进站台却没停下，继续开过来。小花把一捧雪塞进嘴里，雪末糊了她一嘴巴，鼻尖上也有些，刘海上也有，风一吹，刘海应和着小花灿烂的笑飘起来。

火车轧了过去，带着哐当哐当声哗地轧了过去，车窗之间的界线几乎给速度模糊了。我看不见车窗的个数也看不见车窗里有些什么，看不见他们在干些什么，眼前只有一串飞驰的一个接一个的一闪而过的明亮的车窗。

十一

那天中午，隧道塌陷了，我们赶紧丢下手里的饭碗，冲出屋子，右拐向隧道的方向跑去。

第七间房的女孩子也跑了出来，手里捏着她那该死的摄像机，脖子上挂着照相机。起初她还跑在我们后边，没一会儿她就超过我，紧咬小山不放。我现在才发现她的腿匀称修长，跑起来姿势优美，柔中带刚。小山刚一蹿上路基，她就一个箭步超过他逐渐领先，之后遥遥领先，我却快瘫倒在地了，气喘吁吁艰难地小跑着。刘老头儿也追了上来，超过了我。捡垃圾的老头没超过我，他跑上来，跟我并着肩放慢脚步跑，边跑边说："别急，反正已经塌了，你跑多快也见不着轰隆的那一刹那。"

小花妈妈跑在最后边，周围的其他居民也跟上来，从四面八方汇集到铁路上，踩着枕木、铁轨、鹅卵石赶集似的你追我赶，潮水一般从我身边一涌而过，跟在第七间房女孩和小山的后边。小山当仁不让，加速追上她跟她拼着跑，一会儿他在前，一会儿她在前，最后，人们哗啦一声一下子围到隧道口前。隧道里黑漆漆，什么也没有，几个人打着打火机，走进隧道里，走出不到五十米就退了回来，说真塌了，里边全是泥巴和石块。好一阵儿，人们开始散去。

这里一下子成了没有火车的世界，清净得叫人寂寞，叫人害怕，铁路上再也没有了每天那几场忙碌的场面。我们只好回到屋里，无聊地待在里边，没任何事可做。坐到傍晚，小山穿上他的皮大衣，神情寂寥，转身对我说别乱跑，就走出门不见了。

我只好一个人待在屋里，竖直耳朵想听到点儿什么声，蛐蛐的、蚊子的、老鼠的或者蛇蜿蜒爬行的响动也行。但是现在已是冬天，已经下过一场雪，蛐蛐、蚊子、蛇自然不会有，老鼠的活动也不如其他季节频繁。为此，我只好自己给自己制造点响动使这个过分寂静的世界有点声音。

我站起来，走到墙角，蹲下去抬右脚，脚丫子插进裤腰里，将裤腰下压到大腿上，开始撒尿。今天的尿异常多，异常清澈，响声也由以前的嗒嗒声变成了温和的簌簌声，气味蒸腾而起，没以前那么浓黏、那么骚臭了，简直可以毫不脸红地说它是矿泉水。

撒完尿，我走出房门，走到第一间房前折身往最后一间房慢慢走去，我想把它们统统地仔细地再看上一遍。

第一间房的门开着，窗户也开着，里边却没有刘老头，不知道他去哪里了。我一脚踩到门槛上，一脚站在门槛外的地上，头伸进屋里，墙角里也没有刘老头，真没趣。

我离开第一间房向第二间走去，第二间房的门半掩着，窗户大开着，刘老头的堂弟坐在搁在地上的破床垫上。秋天还没过，他就不知从哪里搜来了这玩意，当宝贝似的很少离开它——睡在上边，坐在上边，甚至吃饭喝酒都在上边。他心情好时，见一个人就招呼去床垫上坐坐，那玩意舒服，坐上去一晃一晃的，弹性好得很。

我没打扰他，离开第二间房走到第三间房前，门也开着，窗户也开着。

屋里很空，一张钢丝床距后墙一到两尺摆着，上边堆了一堆棉被，别以为它们很好，都破的，上边有不少窟窿眼，小的如手指头，大的可以伸进一只脚，冬夜里我老把脚伸到里边去，暖和。墙角里还有一股热气正蒸腾而起。

我把头伸进去看看，继续往下一间屋走去，小花妈妈住在那里。屋里也没人，屋中央有一只洋娃娃，眼睛很大，蓝色的，睫毛很长，往外直立着，明显硬性很好，小鼻子小嘴儿，穿着小衣服，衣服是她给临时穿上去的。它坐在地上，叉开两腿，一直那么一动不动，眼珠也不转一下，即使我嘟起嘴唇嘘它，它也没动没理我。

第五间屋里垃圾味熏天，何况我也不喜欢那小老头，他正倒在垃圾堆里朝嘴巴里灌酒，垃圾像被子一样快将他淹没了，只看见两只脚、两只手在外边。对他，我是一晃而过，赶紧来到第七间房外，第六间房那一群人早消失了。

她坐在门槛上空的一条凳子上，凳子的两条腿在屋里，另两条在屋外。看见我走过去，她站起来，回到屋里坐到窗前小桌前，对着镜子开始画眉毛。描几笔，她抬头看看我，看我在看她没有。我当然在看她，并且一只脚站在她屋里，一只脚在门槛外边。她招招手，我走进去，站到她背后，她又描了一下眉才搁下眉笔，从一只银色小盒子里拿出唇膏，开始涂。她的嘴唇变得冷淡起来，跟这冬天冷冷的天气十分搭配。她摇摇头，看看自己，又扭扭脖子眼睛盯着镜子里我的眼睛，突然问："好看吗？"

我点点头。

她又问："为什么？"

我摇摇头。镜子里那个我很惊讶地盯着她看，从她额头开始，她的眼睛，她的鼻梁，她的鼻翼，她的小嘴儿，她的脖子细长，筋骨一根根绽出，锁骨分明，很瘦，肩头也棱角分明，窄窄的，小小的。

她说："真好看吗？"

我点点头。

她突然将眼睛一横，脸色凶恶，"断臂，你为什么不说话？"

镜子里她背后那个小男孩满眼惶恐，悄悄往后挪了挪脚。

她又说："断臂，别怕啊，你靠近一点。"

我靠上去。

"你用肚皮抵着我的背。"

我抵住她的背，她穿得很单薄，我居然感觉到了她瘦削的脊椎骨一颗一颗。

"别动啊，在我没允许之前。"

我没动，看着她拿过相机对着镜子一按快门，闪光灯一闪像夏天夜里可怕的闪电照亮了整间屋。我依然没动，呆头呆脑地看着镜子里的那个人，他的眼睛还好，鼻梁挺拔不错，嘴巴好看，额头稍稍宽了点，只是双臂只剩半截。

放下相机，她又拿过摄像机，对着镜子足足拍了十多分钟，才收回机器，低下头，声音低低地说："一切都好了，断臂你可以出去了。"

我一只脚跨过门槛，另一只脚还在屋里边，将短臂靠在门框上扭头看看她。她一动不动，双手整齐地放在并拢的膝盖上，头埋得很低，额上的头发披下来遮挡了眼睛，她的眼睛非常好看，清澈的，透明的。

十二

大半夜了，小山还没回来。我一个人躺在床上，竖直耳朵，仔细听外边的一响一动。铁路上没了火车的声音，更没有人群争先恐后、你推我搡拥挤到车门前上车下车、围住车窗叫卖的嘈杂声。

就在这时候，第一间房的灯开了，刘老头开门走出来，在外边转悠。转悠一阵后，他来到第二间房外，敲他堂弟的门，没人理他，他又去敲窗户，也没人。他叹一口气，来到第三间门前，把门轻轻一推——为小山进屋方便，我一直让门开着——跨进来，走到我面前，二话不说，一屁股坐到床沿上，说："没睡着吧，我怎么睡也睡不着，翻来覆去也睡不着。"

我没回答他，翻身面朝里背朝他屁股撅着。

"你跟我说会儿话好吗？"

我没理，我估计这么黑他也看不见我是睡着还是醒着，也看不见我正睁大眼睛盯着后墙眼珠子骨碌碌转。

他点着一支烟，放到嘴里抽一口，烟头放出明亮的火光，火光将他的手指、双颊、脸颊照得通红，烟头明明灭灭，整间屋也明明灭灭。

我依然没理他，继续撅高屁股。

最后，他终于站起来走了。出门之前，他朝墙角里嗅嗅，脱下裤子撒起尿来，声音很响，臭得无法想象。撒完尿他提起裤子，出门继续往下一间屋走去。

第四间屋里没人。

第五间屋里的老头正坐在蜡烛照出的光晕里喝酒，蜡烛大拇指那么粗，那么短，也应该是捡来的。刘老头走进去，双腿一盘，一屁股坐下去，背靠在垃圾堆上，说："请我喝一杯怎么样？"

第五间屋的老头给了他一杯。

刘老头接过杯，仰头一饮而尽，又说："再来一杯怎么样？"

第五间屋的老头看着他，站起来，在屋里走了一圈，回到原地背靠垃圾身体往下缩，"晓得酒多少钱一两？房租还随鸡蛋的价格上下涨跌呢。"

刘老头赶紧站起来。

“一两高粱烧以前是三毛，现在是两毛五，过几天，它不会降成两毛。”

刘老头已经出了门，但是他又转过身，激动地说：“我把我的酒拿来跟你喝怎么样？”

第五间屋的老头，将杯一举，滋溜一声喝下去，咂巴一下嘴儿说：“这杯不孬，值两毛。”

“我把我的酒拿过来跟你一起喝怎么样？”

“谢谢。”

“究竟怎么样？”

“我一个人喝惯了。”

“那是不愿意？”

“谢谢。”

之后，他又去敲第六第七第八间屋的门，只有第七间屋里住着人，可是跟第六间屋一样，依然没人开门。

这时候，小山正一个人坐在小餐馆里喝酒，这是他第一次一个人进小餐馆，以前他都带上我，他喝一杯我喝一杯。

我爬起来，下床走出去，站到屋外空地上，往右拐走上去镇东边的那条路。穿过镇中心，我一直往东边走。镇中心有路灯，灯光昏暗。从那棵巨大的黄葛树树荫下走过，插进一条小巷子，往里走几步就到了小山经常带我去的地方。门关着，没有小山，我只好继续走下去。我把那条巷子走穿了，每家店子都关着，没有小山。

我原路返回，走到镇中心，站到那棵黄葛树下，望望天空，空中有几颗星星，低下头，右转插进另一条巷子。这条巷子里以杀猪的、磨面的为主，有几家做烧烤生意的，尽头有这条巷子唯一的小餐馆。它的灯亮着，我走到它门前把住门框往里瞅，里边有几张桌子，每张桌子又给几张凳子围着，最里边传来切菜声。

我只能又原路返回，第三次站到树荫下，空中的星星少了两颗，是那两颗蓝莹莹的不见了。这回，我低下头插进那条有不少花店的巷子。花店接着花店，花店后边还是花店，走到它尽头，右拐可以看见一家临河建的小店，楼的一半在地面上，一半临空悬在水面上，周围给竹林罩着，要是这里也没有小山，他只能在天上。

我走进去，地面上散落着许多花，准确说是花梗。我弯下身，叼起几根，有些花梗上有刺，尽管扎得嘴巴生痛，我一样把它们叼得紧紧的。走到尽头往右一拐，林子里果然有灯光，灯光下果然坐着一个人，那个人果然是小山。

我愣头愣脑走到他面前，一脚踢开一条凳，叉开两腿从凳子上跨过去，坐下把花梗吐到桌子上。

小山说："没听到火车的响动？"

我点点头。

"没感觉到地面震动？"

我点点头。

"一点声也没有？"

我点点头。

他递过来一碗酒，我一头扎进碗里用鼻子喝了一口。

小山又问："别的一点声都没有，是不是静得吓人？"

我摇摇头。

"睡不着？"他奇怪地问。

我点点头。

"那就好了。"他往后一靠，身体靠在靠背上，手臂搭在靠背顶上，"今天晚上一过就好了，明天就会有机器开来，没日没夜地吵你，他们要修隧道，不修好火车没法过。"

我点点头。

“到那时候，轰隆轰隆——轰隆——轰隆轰隆得你想睡都睡不着。”

我点点头。

“把它干了。”小山起来指着我面前的酒碗说。

我牙咬碗沿，头往下轻轻压，一仰头酒便咕咚咕咚地往嘴巴里流。我的喉咙大开着，它们流进嘴里，从舌头上和舌头两边流进去，一股脑儿流进喉咙里，咕咚咕咚灌下胃去。一口气把它喝完了，我抬起头看着小山，小山也看着我，残余的酒从嘴角流下来，流过下巴，流进脖子里，最后流到胸口上才停止。

小山又站起来，倒满一碗酒，端过来一把将碗口塞进我的牙缝里，我又喝下一碗。吊在我们脑壳上方的电灯开始旋转，竹林开始旋转，桌子一扭就升到半空中，斜斜地飘着，桌上那几个盘子、那瓶酒、那一双筷子和那两个人的手都斜在我脑壳上方，像漂在水面上的钓鱼线那样一半在水里一半在空中，一上一下，升降不定。浮漂猛然往下一拽，一定是鱼上钩了，那傻蛋纵身一跃一口咬住裹在鱼钩上的诱饵拉着就想跑，笨蛋，真是地地道道的笨蛋，嘻嘻——哈哈——它居然不晓得里边有钩子，钩子上有倒须。

十三

隧道塌陷后，火车并没有停止通行，而是采取了别的方式——在隧道前最近一个站台上设立了临时停车点，所有的火车开到这里都停下，将车里的人转到提前排在出站口的一辆辆大巴里，通过公路运送到几十里外的一个车站，把人们领上站台，一个一个爬进停靠在那里的火车，继续完成下一段路程。

第七间房的女孩希望的情况是这样——火车开到隧道那一边，马上停下，火车上的人被赶难民似的统统赶下来，爬上山坡，一个接一个，跌跌撞撞翻过不高的山岭，又跌跌撞撞你推我搡相互搀扶，艰难地下坡。

这个过程中，她一直站在最险要的位置上，举着她的摄像机，对这个过程做出清晰而准确的记录，拍摄成一场战争大逃亡：里边有孩子，有小伙子，中年男人，有老头儿，他们有的扛着行李包，有的吊儿郎当两手空空单单一个人，有小姑娘，有青春少女，有少妇老太，偶尔还有孕妇，主要是他们都赶时间生怕比别人晚了一步，钻进车厢找不着位置，一跳下山坡便叉开两腿，推开站在两边维持秩序的警察、民兵、乡村干部、喇叭、袖章、红线绳，潮水般冲出去，像土匪或饥民抢粮食那样飞跑。

他们下坡，她也跟着下坡，他们跑，她也跟着跑。她一会儿跑在他们后边，单手举摄像机拍下他们翻滚的脚板、扭动的屁股、嘈杂的脚步声和喘息声，一会儿跑到他们前边侧身保持领先的同时，单手举着摄像机，拍下他们奔跑时的奇异的表情，偷着乐的，哭丧着脸的，边跑边吐口水，口水给风一挂，卷回去落在自己身上，哈哈大笑的，面无表情的，闭着眼的，咬着牙的，还得拍下他们前边上半身和下半身的姿势，捏着拳头跑的……

跑到火车前，她还必须抢先钻进车厢站在车门口，镜头对准两手把住两边铁扶手昂着脑袋喘息不停爬上来的人。最后在火车启动乘务员还没关上车门的那一刹那，跳出车门，屁股落地。

每天她要记录数次这类逃亡过程，记录好发生时间，具体到分秒，记下天气状况，天阴或天晴、多云少云、温度、阳光强烈度、湿度、风速以及风的干燥程度，使一天的无数次奔跑在不同的时间和天气状况下呈现出微妙的不同而成为一个有机的相互联系的整体事件。因为这个，她离开那排房子，背上挎包，脖子上吊着相机和摄像机，走出家门，喊住我对我说：“哎，笑一个，对，笑一个，这是最后一次了。”

我点点头。小山推了我一把，也许是故意使劲猛力把我从镜头里推出去。

咔嚓。

她摇摇晃晃地走上了通往镇中心的那条路。到镇中心，她会拐进去汽车站的那条路，踏上那些上下转运旅客、拥挤不堪的车站，跟着旅客出站、上车，跟着汽车辗转，下车、进站，冲在前边和后边拍下她希望拍到的东西。

而第五间屋那老头，一下子把他苦苦累积起来的垃圾，全装进了一辆大卡车，身后屋子彻底给腾空了，坐进驾驶室，冲窗外的人笑笑，喝一口酒，招招手，又喝一口酒，乐呵呵地走了。他把他的垃圾全卖了，用以前卖垃圾的钱在镇西边搭了个凉棚，蹲在柜台后边一边往嘴里灌酒，一边卖。他给了我们一个意想不到的惊讶，他也整天乐呵呵的。

十四

又下起了雪，这次的雪比上次大，比上次长，一直持续到凌晨五点才停歇。整个夜里，小山一直坐在铁轨上，远处隧道抢修工地上灯光白灼，照亮了周围很大一片空间，铁轨反射出蓝莹莹的光芒。

雪花一片一片飘落到小山脸上，上一片还没融尽，下一片旋即飘落了下来。融化而来的水顺着他的额头、眉骨、鼻梁、鼻翼两侧、脸颊、嘴角，翻过下巴骨，流过脖子、锁骨，流到他的胸膛上，或者头顶、头发、发梢，掉进空中。

路基下边，那排房子静静卧着，机器轰鸣并没有给它带来火车鸣叫时的惊喜和躁动，没有人跑出屋子，跑过那条臭水沟，涌到铁路上。

第二天早上，大雪铺满了铁轨，路基皑皑，看不见乌黑的枕木和灰白色鹅卵石，看不见钉住钢轨的锈迹斑斑的巨大钉子。

站台上没人吆喝，只有小山一个人坐在雪中，雪快把他淹没成一个雪人了，棉大衣僵硬地捆在他身上，领子直直立着。他用鼻子倒抽一口气，一哆嗦，睁开眼睛，拍掉头发上的雪站起来，艰难地走两步，跨过钢轨，踩得鹅卵石上厚厚的雪嘎吱嘎吱响。走到路基坡前，他一头栽倒在地，顺坡翻滚下去，从枯草上滚过，从灌木丛上滚过，在平整的雪坡上滚出一条一人多宽的痕迹，坠落进水沟里。水沟里的雪更厚，小山不见了，只看见两只手在外边招摇。

他没起来，静静地睡在里边，闭上眼睛显得十分疲惫，一长一短地大声喘息。一团雪开始渐渐塌陷，先是往下塌陷，后是往四周扩散着融化，逐渐地露出一只鼻子，鼻尖很长，高高的，之后露出一块额头，额头湿漉漉的满是水迹，嘴唇也露了出来，之后紧跟着是眼睫毛、眼眶，眼睛打开了，看见了眼珠，之后是下巴、人中。他一脚踢开雪，露出下半身，两手一掀，露出上半身，半坐起来手肘反在背后支撑着自己，慢慢坐直，双手抱住头埋进怀里。

他这样一直坐到太阳升上东边山上最高处那棵最高的柏树树梢上，才翻身撅着屁股爬起来。他没走上沟外的平地，顺着翻滚下来的痕迹往上爬。雪松软，开始融化，伏倒下去的灌木枝丫反弹回来，挑着些水珠，晶莹剔透。向上爬两步往下溜一段，如此反复再三，好一阵后他终于爬上路基，重新坐下。这回他坐在鹅卵石上，双手交叉放在大腿上，眼神呆滞地看着空中，视野里空洞无物。

大概在鹅卵石上坐了约半个小时，小山往后一翻，手脚蜷缩成一团，肩膀耸立夹住两耳一头滚进轨道里，往前摆腿坐到了枕木上。阳光刺眼，一根一根针似的扎入皮肤：脸、脖子、耳朵或手背上的。

雪已经化了一大半，透过雪能看到枕木隐约的黑色，铁轨上沿从雪里冒出来。远处机器的响声已经不再从洞外，而是从隧道深处瓮声瓮气传出来。洞外搭建的几座小帐篷罩着几台电动机，由一台发电机发电带动。电动机拉动缆绳拉出一堆又一堆的泥土碎石，再把钢筋一捆捆送进去。

中午时分，许多小孩来到铁路上，尖叫着一捧一捧地捞雪，有的将它们装进各种容器，准备带走，有的就地把雪弄成各种形状的小动物小物件顺着铁轨一一摆设，有的分成几波相互砸雪球、干雪仗。一个小女孩撒手将一个雪球重重地砸在了小山身上，小山这才站起来，扭头看看天，又扭头看看不远处的山坡。山坡上的雪比这里厚，显得更白，十分平整，没有任何人或动物或别的什么来破坏。

小山拍拍胸口离开枕木，跨过铁轨，走下路基往屋子走来。他走到门口，没抬脚进门，站在屋外。他的头发全湿了，水从头发里渗出，汇成一条条细小的水流滚下额头和后脑勺，滴落在肩上，他衣服上的薄冰也开始融化成一滴一滴水往下流，他偏着脑袋两眼无神呆若木鸡地看着我。

十五

卷好铺盖，用绳子捆牢，搭到我肩上，小山扛上折叠好的钢丝床，跟着我出了门，左拐走过第二间房，走过第一间房。刘老头坐在门槛上，微微抬高脑袋眯缝着眼看着我们，阳光明晃晃地射在他脸上。他低下头，用小木棍插掉门槛上的一块木屑，又抬头看着我们。我们没理他，左拐走上搭在水沟上的石板，爬上路基，走进轨道，一步踩一根枕木往隧道的相反方向走去。

工地成了又一个卖点，但是到工地上叫卖的人不多，稀稀拉拉几个人。他们把篮子吊在胸前、扛在肩上，有的还两手把住篮子顶在头上，影子一样来来回回低声叫卖。篮子里装的不过是些鸡蛋、腊肠、腊肉，要不就是韭菜、大葱、大蒜、土豆、咸菜，还有花生、白酒、啤酒，几乎没平常叫卖的瓜子、可乐、矿泉水，更不用说牛肉干、开心果、杨梅之类的了。机器开得震天响，工人只顾干自己的活，很少搭理他们，只在闲着或必要时才跟小贩唠叨两句。

小山走在我前边，我跟在他后边，他走一步我走一步，他后脚刚离开哪根枕木，我前脚就踩到哪根枕木上。

快要走到山谷里铁路开始转弯的地方时，小山突然停下，把钢丝床往地上一扔，钢丝床弹跳几下，从枕木上弹过铁轨，落到鹅卵石上，左肩一斜，甩掉挂在上边的大包，二话不说，转身疯了似的撒开两腿往回跑去。他跑得快，下脚也狠，在枕木上踏出一串接着一串的嚓嚓声。

铁路上，雪快要化尽了，只有很少的雪还堆在鹅卵石上。枕木给雪水一浸，颜色湿润起来跟刚出窖的煤炭一样黑，铁轨呈青灰色，中间又或多或少夹杂着钢铁特有的锃亮。

我望着小山，一些视线越过小山头顶，看见了远处第七间房那女孩曾经爬上去坐着朝下照相的山破，看见了更远处的隧道，目光又折回来，全部集中在小山背上。小山跃出铁轨，跳下路基，蹦到水沟上的石板上，右转跑过去给屋子遮挡不见了。

那排屋子现在大多空了，第七间房空了，第六间房空得更早，第五间房没了垃圾，第四间房也一个样，我和小山也空出了第三间房，只有刘老头一个人住在里边。他的堂弟只是偶尔在那里住住，比如没钱的时候，比如想刘老头请他喝点酒的时候。

没一会儿，一个人影手捏一根棍子，棍子很粗，不下于我的胳膊，却只有一尺来长，从刚才小山给屋子遮挡不见那拐角处冲出来。他跑上石板，冲上路基，跳进轨道里脚踏枕木，两只脚板迅速地前后交替翻动，一股气冲到我面前，半蹲着身子，驼着背，弓腰双手杵在膝盖上，翻着白眼嘴唇微微张开，肩头不停地耸动，鼻孔和喉咙一齐一个劲儿地哼气。

等气稍稍顺过来，小山仇恨地说："我把它砸碎了！"

我摇摇头。

"我一棍子就把它砸碎了！"

我摇摇头。

"老子一棍子把它砸了个稀巴烂！"

我依然摇摇头。

"哗啦一声脱落下来，雪崩似的掉了一地。"

我无奈地又摇摇头。

"娘的！"他一把将棍子砸在地上。那是根桃木棍子，上边满是桃树树干上那种疤痕，弹性比刚才的钢丝床好很多，一下子弹跳起来落到路基外的草丛里。

"老子砸烂了她的玻璃！"

我把头一歪，脖子伸得老长，伸出半截舌头，惊讶地看着他。我的舌尖很细，血色很好，鲜艳色的红，上边长着很多小颗粒，颗粒周围稍白而顶端快要渗出血似的。

"哗啦，掉了一地，要是谁踩上去，非划掉他半只脚不可。"

我摇摇头。

小山弯身一手抓钢丝床，另一只手抓挎包，分别往肩后一甩，一步从我面前跨过，摇摇摆摆大踏步朝前走去。

"走快点。"小山说，"我们得在天黑之前走出这个山谷，在春节之前找个合适的地儿住下来，办好货，弄好篮子，那时过往火车的次数最多，车上的人也最多，铁路两边也最最拥挤。”

出 品 人　张进步

策划监制　程　碧

执行编辑　阿　埜

文字统筹　夏　宛

封面设计　广　岛（@ 广岛 Alvin）

内文设计　李　松

发　　行　闫庆强　武桐宇

营　　销　何雨淳　吴　桐

新浪微博

微信公众号